ईश्वराशीष

(कविताएँ)

ISHWARASHISH

(Poems)

ईश्वराशीष
ISHWARASHISH

प्रो. पुष्पिता
Prof. Pushpita

राधाकृष्ण प्रकाशन

ISBN : 978-81-7119-939-6

ईश्वराशीष

पहला संस्करण : 2005

This book is printed on **Print on Demand** Technology : 2024

मूल्य : ₹795

प्रकाशक

राधाकृष्ण प्रकाशन प्राइवेट लिमिटेड

जी-17, जगतपुरी, दिल्ली-110 051

शाखाएं : अशोक राजपथ, साइंस कॉलेज के सामने, पटना-800 006

पहली मंजिल, दरबारी बिल्डिंग, महात्मा गांधी मार्ग, प्रयागराज-211 001

1, अनमोल सोराबजी संतुक लेन, धोबी तलाव, मरीन लाइंस, मुम्बई-400 002

वेबसाइट : www.radhakrishnaprakashan.com

ई-मेल : info@radhakrishnaprakashan.com

ISHWARASHISH

Poems by Pushpita

भारत में 'विश्व की संस्कृति' का घर है।
और विश्व भर में भारतवंशियों का घर है।

7 जनवरी, 2005 को मुम्बई में आयोजित तृतीय विश्व भारतीय प्रवासी दिवस के
अवसर पर मुख्य अतिथि सूरीनाम के उपराष्ट्रपति
श्री रतनकुमार ज्यूल अयोध्या
के सम्मान में

मानवतोन्मुखी धर्म, साहित्य और संस्कृति के जनक
भारत के वैज्ञानिक और कवि
प्रथम नागरिक
राष्ट्रपति महामहिम डॉ. ए.पी.जे. अब्दुल कलाम जी
के लिए सादर और स्नेह सहित

सूरीनाम देश के राजदूतावास में
राष्ट्रपति के प्रतिनिधि श्री ओमप्रकाश जी के विशेष सहृदय-मानवता-सेवी
व्यक्तित्व के सम्मान में सघन आत्मीयता के साथ

कैरेबियाई सागर और अमेजन-तटी देश द्वीपों पर
प्रथम बार हिन्दी भाषा में प्रस्तुत

कविता-संग्रह

ईश्वराशीष

सस्नेह
समर्पित

पुष्पिता

I Survive by Nature

The subject is the Caribbean, that still difficult to define geographic area between North and South-America. Any geographer or politician refers to a different set of islands and scratches of continental land. But when Pushpita describes the Caribbean she talks about nature. And that is indeed the overwhelming, even overpowering, impression of first contact with the Caribbean. Hundreds of kilometres unspoilt nature, beaches, mountains, waterfalls, rivers, wild plants and animals. It is the realm of primal powers of Surya, Badal, Usha, Purnima, Wayu and others.

In the overpopulated areas of the worlds, such as in big cities, this realm is met in its fragmented nature, as a bird, a river, a tree, the sun, longing to be brought back to their original integrated world, when there was no contamination or destruction by human action. But here every single individual is unmistakenly part of an all embracing order, a divine reality. Individuals like the fajalobi flower, or the twa twa or powisie bird marks specific beauty of the whole.

This is life the way it was created and presented to man, in all its individual appearances and varieties, but at the same time always belonging to that unspoilt whole. Nature gives man that primal truth, that any individual doesn't exist in itself, but always in relation to and in service of others. Nature provides Pushpita the images in which human life can be described. Rain or sunshine doesn't discriminate between people on colour, social status or religion, so for Pushpita the pure and transparent messages of religions or of wise and pious people are like rains or sunshine.

In the same breath the truth is that it is good as it is. So nature is ethics and gives the building blocks of a just society, because of the people that partake in this nature and lives by it. Their action creates a better life for all. But first it creates an awareness from which this action sprouts.

But, of course, the reality is different. Man creates an unjust world, divorced from nature, while nature itself remains standby as a source of inspiration and example to bring beauty back in the life of individuals and communities and with beauty virtues.

These are the different layers in the images of Pushpita : nature is the subject, but beauty is the message, and beauty inspires truth and virtue. So listen to nature and know what to do ! Nature speaks to you, why aren't you listening? Why aren't you allowing yourself to be influenced by truth?

The Caribbean has an exceptional human side with great love of people for their families, for their community and for foreigners. The people of the Caribbean came originally from all the parts of the world. You meet Asian alongside with Africans, Europeans and naturally : Latin Americans, the latter being the indigenous people of the continent. It is always so easily said that here is the world in a nutshell, with all the colours and all the richness of traditions. However, with that painful exception—that all the people here didn't come out of their free will, they came as slaves from Africa and as indentured labourers from China, India and Indonesia.

They are now living together with their diversity of origins and all climbing up from their inferior social positions to a dignified way of life. Pushpita sings about one caste—the caste of labourers, one religion—that of the working people, and one problem -namely that of survival. The joint experience of forced migration and enforced labour created an unity, through which a better life could be formed under new circumstances. But is that really the way it goes? Or will free people start again to suppress each other? Will the people understand the language of nature or will they stop listening?

A tense moment : will nature be the creator of our relations or will we be driven by our own shortcomings, whereby so much nature will be destroyed.

Pushpita hovers between the admiration for people who follows nature and find the right path, and the anxiety of those who allow themselves to be led by the opposite, a life away from the truth of nature.

Pushpita visited many islands and countries of the Caribbean. Most of her time was spent in Suriname, where she worked for the Indian embassy. Suriname, like Guyana, has mighty rivers with even islands in the midst of it, just like the islands in de Caribbean Sea : all islands in the midst of wide masses of water. And that becomes an image, of water that gives land to people to start a new life.

In some of her poems she describes the Caribbean from a different point of view. She herself is the subject, a stranger from the other side of the world who carries her country of origin along with her, but who recognizes in other places, and especially in the Caribbean, Usha, Surya, Chand and others in their unperverted way. The water of the imposing Suriname river is like the water of the Ganga.

"I survive by nature," is her summary of her contact with the nature and the people of the Caribbean who survive by the same nature and live inspired by it. There is loneliness at one side, but the experience of strong human relations and of a bond that makes people rise above themselves for the benefit of society and ultimately for the benefit of nature that protect them. But with that anxiety at heart : "will people really understand nature ? Otherwise let me try to make them understand."

–Nico Waagmeester
Anthropologist

Paramaribo
30 October, 2004

ईश्वराशीष

शब्द सेतु है
और वे जाल, कारागार और कुएँ हैं
शब्द अनिश्चित हैं
और निश्चित वस्तुओं के बारे में बोलते हैं
लेकिन वे इस या उसके बारे में जो कहें
वे हमें अभिव्यक्त करते हैं।

–आक्तवियो पाज़

'पाज़' की इसी बात को आगे बढ़ाएँ तो महसूस होता है कि हमारे समय की संवेदनशीलता कविताओं में साँस बनकर धड़कती रहती है। कविता ज्ञानवेदिका की प्रज्वलित भावाग्नि है जो सार-सार को प्रकाशित कर असार को भस्म में बदल देती है। कविता हृदय की जिजीविषा है जिसमें जीवन-सुख के रहस्य का रास्ता है। कविता जीवन की कला के आनन्द का पथ है। कविताएँ जीवन में जीवन को गहराई से जोड़ती हैं। मूर्त संसार के सौन्दर्य की समझ के साथ-साथ अमूर्त, अगोचर और अध्यात्म के संसार से भी रिश्ते रचाती हैं। मनुष्य द्वारा रची जानेवाली कविताएँ मानवता का सृजन करती हुई पुनः कविताओं के जीवन में प्रवेश करती हैं कि जीवन की निःसारता खुलकर दिखाई देने लगती है।

पृथ्वी पर सृष्टि की रचना करते हुए 'ईश्वराशीष' विलक्षण शक्ति के रूप में अवतरित हुआ अनुभव होता है। विश्व के किसी भूखंड में यदि वेद, शास्त्र, पुराण, रामायण जैसे धार्मिक ग्रन्थों और शास्त्रों की रचना हुई है तो किसी क्षेत्र में बाइबिल और कुरान जैसे आस्थाजनक ग्रन्थ रचे गए। जब-जब धरती पर ईश्वराशीष प्रकट हुआ है प्रकृति और सृष्टि की रक्षक शक्तियाँ अवतरित हुई हैं। रक्षक शक्तियों से कविता का और कविता से पुनः प्राणरक्षक शक्तियों का जन्म होता है। आज, जबकि विश्वभर की अराजक और ख़ूनी ताक़तें सब कुछ तबाह करने के लिए एकजुट होने में लगी हुई हैं, प्रायः अत्याचार ही आनन्द का कारण बनते हुए दिखाई देने लगा है। हथियार और हिंसा ही शक्ति का प्रतीक बनने लगे हैं। छल-कपट और प्रपंच का छद्म ही सभ्यता का हिस्सा होने लगा है। प्रकृति

और सृष्टि के उपासकों पर विश्वभर में प्रश्न-चिह्न लगे हैं। विध्वंसात्मक ताकतें सृजनात्मकता का मुखौटा पहने हुए मासूम लोगों को ठगने में लगी हुई हैं। राजनीतिक और सांस्कृतिक प्रचारवाद अपनी तरह से मनुष्यता का विरोधी बन बैठा है। दया, करुणा, क्षमा, त्याग, ममता सिर्फ़ आचरण-संहिता का दिखावटी हिस्सा भर बनकर बचे रह गए हैं। सभ्यता और संस्कृति सिर्फ प्रदर्शन का अंश होकर शेष हैं। ऐसे विरोधी और डरावने समय में सर्वस्व मंगलकारी संरक्षण के लिए विशेष तरह की आत्मशक्ति और दुस्साहस की आवश्यकता होती है।

कैरेबियाई सागरीय द्वीप-देशों और दक्षिण अमेरिकी अमेजन-तटी द्वीप-देशों की प्रकृति की निर्मलता और नैसर्गिकता नियति की वत्सल-दृष्टि का परिणाम है जो कबीर रचित अलौकिक सत्ता या ईश्वर या राम के प्रति विश्वास जगाती है। प्रकृति सारे धर्मों के परे जाकर एक अद्भुत सृजनात्मक धर्म की रचना करती है जो शुरू रूप से सृष्टि समर्थक और सर्वहितकारी है। इन देशों में आज भी प्रकृति के उपासक हैं और सारी आधुनिकताओं के बावजूद प्रकृति से ही अपना पोषण प्राप्त करते हुए गौरवान्वित हैं।

इसी परम्परा में सूरीनाम में सर्वाधिक लोकप्रिय डचभाषी अखबार 'द वारे तेत' के चर्चित पत्रकार और समाज-सेवी श्री नीको वागमेस्तर 'कबीर' उपनाम से बीस वर्षों से स्तम्भ-लेखन करते हुए अपनी तरह से, बहुसंस्कृतिशाली राष्ट्रों के बीच एकलयता बनाए रखने में लगे हुए हैं। सभी धर्म उनके मानस का अंश हैं। वे सभी धर्मों से मिलकर बने हुए हैं। सब उनके अपने हैं वे सबके हैं। हिंसा और अपराध की बढ़ती हुई घटनाओं के प्रतिरोध में वे मौन हो जाते हैं। मौन ही उनका क्रोध है जिससे वे सृजन की शक्ति जुटाते हैं।

सूरीनाम और कैरेबियाई देशों के प्रवास के दौरान मेरी लिखी हजारों कविताओं की अन्तरंगता से गुजरते हुए श्री नीको ने इसको बाँधकर एक संकलन बनाने की इच्छा प्रकट की। मेरी कविताई और तस्वीर (फोटो) उतारू दृष्टि ने इन देशों की अपनी तरह से पुनः रचना की है लेकिन इस संग्रह के संपादक और पिता श्री नीको वागमेस्तर हैं और इस काव्य-संकलन के आवरण की माँ—श्रीमती मारेकअ वागमेस्तर फरकउल हैं।

अपने दीर्घकालीन प्रवास के दौरान दस्तावेज़, वागर्थ, साहित्य-अमृत, कला-प्रयोजन, अक्षर-पर्व, कल के लिए, अक्षरा, वसुधा, साक्षात्कार, समकालीन भारतीय साहित्य, गगनांचल, माध्यम, अभिधा, तनाव, विकास प्रभा, पुरवाई, हिन्दी जगत जैसी साहित्यिक पत्रिकाओं और हिन्दुस्तान, जनसत्ता, राष्ट्रीय सहारा, प्रभात खबर, जनवाणी जैसे पत्रों ने रचनाएँ प्रकाशित कर दो गोलार्द्धों के बीच गहरे आत्मीय रिश्ते जोड़े हैं। इन सबके प्रति अपना हार्दिक आभार व्यक्त करते हुए मैं सूरीनाम हिन्दी परिषद, हिन्दी निधि (ट्रिनीडाड एंड टबैगो), गयाना हिन्दी प्रचार सभा, नीदरलैंड हिन्दी प्रचार संस्था, यू.के. हिन्दी समिति, वातायन ऐसी

संस्थाओं को स्मरण करती हूँ जिनकी सक्रियता से विश्व में हिन्दी भाषा और साहित्य अपनी गहरी पहचान बनाते हुए भारतीयता की शक्ति बनकर प्रकट हो रहा है।

दक्षिण अमेरिका के उपमहाद्वीप पर पहुँचकर 'चिले' देश की धरती के खनिज 'पाब्लो नेरूदा' की कविताएँ–'वह जन्म लेती हैं', 'संवाद' और 'भावी अन्तरिक्ष है' की याद आती है जिनसे मेरी अभिव्यक्ति के द्वार खुले।

यहाँ मैं उसी सीमान्त पर आ पहुँचा हूँ
जहाँ कुछ बोलना व्यर्थ हो जाता है
हर चीज मौसम और सागर के मध्य से आत्मसात होती है,
और तैरता हुआ चाँद वापस हुआ
उसका किरण-जाल अविकल रजताभ
और लहरों से बार-बार टकराकर
अन्धकार टूक-टूक होता है,
और प्रत्येक दिवस सागर के छज्जे पर
पाँखें खुला करती हैं, अग्नि जन्म लेती है
और भोर के समान हर चीज फिर नीलाभ होती है

'वह जन्म लती है' : पाब्लो नेरूदा

हमें विकास करना और पताकाएँ उठानी हैं
द्वीप में आग सुलगा देती है
ताकि सोता हुआ यायावर
उत्तर दे, जाग उठे
अचानक वह अलाव देखने के बाद
प्रतिक्रिया करे
जो सिन्धु-तट पर वहाँ धधक उठा, जहाँ अब तक अँधेरा था
उसका जन्म हमारी चमकती विरासत से,
सहज संवाद से हुआ है
ताकि अँधेरा न शेष रह जाए, और हम
अपने को दूसरे पुरुषों और नारियों के साथ पाएँ
ज्योति की पूर्णता में हम प्यार करते हैं।
वे हमें प्यार की पूर्णता में देखते हैं और वह हमें सुख देता है।
सच्चा जीना मौन के बिना होता है।

संवाद : पाब्लो नेरूदा

आओ, हम इस घुटन भरी नदी के बाहर हों
जिसमें हम दूसरी मछलियों के साथ
सुबह से सरकती रात तक
तिरते रहते हैं, और अब इस पता चले अन्तरिक्ष में
एक अछूते एकान्त की तरह उड़ें।

भावी अन्तरिक्ष है : पाब्लो नेरूदा

अनुवाद : डॉ. चन्द्रबली सिंह

कैरेबियाई द्वीप-देशों और दक्षिण अमेरिकी देशों की धरती की ओर उड़ानी उत्साह और शुभकामनाओं के साथ,

Pushpita
First Sectrary & Professor in Hindi
At the Indian Cultural Center
Indian Embassy Paramaribo, Suriname
C/o Diplomatic Bag Section
Ministry of External Affairs
New Delhi-110001

—पुष्पिता
हिन्दी प्रोफेसर एवम् प्रथम सचिव
भारतीय सांस्कृतिक केन्द्र
भारतीय राजदूतावास, पारामारिबो, सूरीनाम
द्वारा/डिप्लोमैटिक बैग सेक्शन
विदेश मन्त्रालय, साउथ ब्लाक
नई दिल्ली-110001

क्रम

स्मृतियों का नरम सुख

सूरीनाम नदी-तट से
गंगा-तट के लिए चिट्ठी लिखने से पहले
सादे कागज को पारामारिबो की
धूपीली-धूपीली धारदार आँच में सेंककर
और अधिक उजला किया
रात की स्याह हथेलियों के
अन्धे छापे से बचाकर
कोरे कागज को चाँद की
तरल चाँदनी से भिगोकर
एकसार शब्द लिखे
बिना अक्षरों के अनुभूत करनेवाली
अनुभूतियों की भाषा लिखी

सादे कागज को
मन की चंचल स्मृतियों का
नरम सुख पिलाया
सूरीनाम की वासन्ती रंग-गन्धी धागों से
मन-कोर बाँधे
प्यार के शब्द-बोल हवाओं में बोर-घोल
पाँखुरी से रखे
स्वदेश से बिछुड़े
जिन्दगी के सूने पन्नों पर
ऐसे ही रचा जा सकता है—
आत्मीय शब्दों का मोहक जंगल
बिना किसी अपेक्षा के

परदेश के कागज पर
झरने-सा झरता है स्मृतियों का आत्मीय संवाद
अनायास कुछ समुद्र-सा उमड़ता है–शब्द बनकर
मन की सीमाओं के भीतर ही
सीमाओं को तोड़ता हुआ
रचता है एक नया शब्द-सागर
भावना के नवाचार में बँधी-सधी प्राणदेह
तितली की तरह विकल होकर
उड़ने से अधिक बोलना चाहती है
अनुराग-राग के नूतन शब्द
अभिषेकी रंग में
कि कहना कठिन–
तितली के पंखों के रंगों में
कहाँ से आती है–शहद-सी मिठास
वैसे ही बिलकुल वैसे ही
जानना मुश्किल कि
कहाँ से शामिल होता है
मन की प्रकृति में
प्रेम का सौभाग्य-सुख
बगैर किसी पूर्व-संकेत के।

सूरीनाम नदी तट पर गंगा

1

एक नदी से
मिलती है एक नदी
और खामोश हो जाती है।

नदी की आँखों में
देखती है एक नदी

और रो पड़ती है

नदी बहकर आती है
और बहाकर ले जाती है आँखों को
मन की नदी की ओर।

सूरीनामी नदी
आँखों में समा जाती है
मन के समुद्र में
गंगा की तलाश में।

सूरीनामी नदी
शब्द-नदी की तरह मिलती है
और अर्थ-सरिता की तरह मिल जाती है
मन की गंगा में
गंगा होने के लिए।

2

कृष्णपक्ष को
पार करके आया हुआ चन्द्रमा
शुक्लपक्ष की खुशी
लिखता है सूरीनाम नदी के वक्ष पर।

लहरें पढ़ती हैं
चाँद की रुपहली लिखावट
और पुलक से खिल पड़ती है
गंगा की स्मृतियों की
कथा पढ़कर।

चाँदनी चूमकर
आती है गंगा नदी को

और फिर-फिर चूमती है
सूरीनामी नदी को।

लहरें गाती हैं
नदी की वक्ष-गाथा
सागर में समाने का सुख
गहरी रात गए
नदी के आवेग में होती है
संगम की आतुरता
तट से निर्बन्ध होकर
समा जाने की आकुलता

3

सूरीनाम नदी की जल-देह में है
अटलांटिक महासागर का अन्तरंग आवेग
तट को समेटता और समाता हुआ
पारामारिबो की धरती पर
लिखता है अपनी ही प्रणय-पाती।

सूरीनाम नदी के तट पर
प्रवासी भारतीय
जाता है सूर्यास्त के बाद
और सुनता है नदी की आवाज
मौन होकर
शायद लहरियों में से छन आए
आजी की पुकार
आजा की गुहार
तट-माटी की देह में
खोजता है—आजी की गोद
और आजा की छाती
जिसे बचपन में
कभी लीपा था अपनी लार से

प्यार से भरकर
और पिया था–
आजी के चुम्बन में से
आजादी की चाहत।

4

गहरी रात गए
सोई नदी की आँखों में
सौंप आता है
आजादी का सुख
अपनी आजी को बतलाने के लिए
आँसू पोंछी हथेली को
डुबोता है सूरीनाम नदी में
जैसे आजी के आँचल में
सौंपता है अपने आँसू
और नदी के बहाने से
छूता है अपने पूर्वजों के चरण।

बादल-बरखा

सूरनामी बरखा
आस्था का चरणामृत
तपस्वियों की तरह
आते हैं बादल
और साधना के बीज की तरह
बूँद बन समा जाते हैं बादल

सूरीनामी बरखा
नवकिशोरी नायिकाओं के भीतर
प्रेम की तरह

आती है–दबे पाँव
और टीन की रंगीन छतों पर
रिझाने का करती है–नृत्य
कि संयुक्ता पाणिग्रही
का श्वेतपंखी मयूर नृत्य
चमक उठता है
सूर्य-रश्मि बीच
घनी बरखा में भी।

वर्षा ऋतु का
ऐवर्श्यशाली सौन्दर्य-भोगी
पुष्प-राज सौन्दर्य-मंडित
सूरीनाम धरती पर
याद आते हैं–
सुल्तानपुर के मयूरों के दल-के-दल

बादलों से पटी
आकाशी देश की धरती
मयूरों के बिना
सूनी है...बहुत सूनी है
जिसे बरखा
अपने गीतों में गाती है रातो-दिन

राग-विराग

सूरीनाम की बरखा
वसुधा की सुगन्धित परागमयी देह में
खोल देती है
बादलों का हृदय

बरखा
अपनी जल की तरलता में
लेप करती है स्नेह की आत्मीय शीतलता
अपनी रूनझुन में
गाती है–प्रणय के शाश्वत गीत

मकानों की
हरी, नीली, लाल
टीन-छतों पर
हवा के झूलों में
बरखा गाती है–
वसन्त के रसीले गीत

वर्ष भर
वर्षा का हर्ष जीती वसुन्धरा
सृजनात्मक कामनाओं से भरकर
रचते हैं–रचना के क्षण
कि हृदय में
मेघदूत के सपने
और कालिदास की
कामनाएँ अल्पना बनाती हैं

भारतभूमि के
कवियों का प्रकृति-प्रेम
सूरीनाम की धरती पर
खिलता है–ऋतुराज की हँसी बनकर
सूर्य के स्वर्णिम ताप में रमकर
सूरीनाम की प्रकृति
पाँचों पहर करती है
पंचाग्नि तपश्चर्या

अगरबत्ती की तरह

सुलगती हुई महकती है
सूरीनामी धरती
अपने 'श्रीराम' की आराधना में
चारों पहर

स्मृतियों के देश में स्वदेश

मातृभूमि की सोंधी माटी पर
स्नेह की बिछी हुई दूब की हरी-भरी नोक पर
अटकी हुई ओस को
पीती हुई सूर्य-किरणें याद आती हैं–
अकेलेपन की पलकों पर
ठहरे हुए आँसुओं की खारी व्यथा से
पसीज उठता है–
मन की स्मृतियों का एकल स्वदेश

मृगतृष्णा से सजग
प्यास को पछाड़ता हुआ
रेत से अठखेलियाँ करता हुआ
राजस्थानी ऊँट
ढलते हुए अस्ताचल सूर्य को
अपनी पीठ पर बैठाकर
भगा ले जाना चाहता है–सूरीनाम की ओर

सूरीनाम की नदियों और झरनों के तट पर याद आती है
जंगलजीवी हाथियों के झुंड की जल-क्रीड़ा
नरगवासियों के बीच हाथियों का उत्सवी नागरिक प्रेम
सप्तसिन्धुशाली सूरीनाम देश के
'रेन फारेस्ट' से घने वन
आँसुओं से भरते हैं

छोटी आँखों के बड़े मानसरोवर को
कि पंचतन्त्र की कहानियों
और जातक कथाओं को कैसे कहें यहाँ
बिना हाथी के
बिना गणेश के–
सूरीनाम के यात्रा-पथों के बीच
नीग्रो और इंडोनेशियन मछुवारों के टेन्ट-भीतर
लघुकाय टब प्लास्टिक के कनस्तर और बाल्टी-पानी में
छटपटाती–वोतरफिश, कोबी, स्नूकू और याराबाका सागरी मछलियाँ
करोथिया, पताका, क्लापा, क्वी-क्वी
तिलापिया, प्लाताएदे, डालरफिशी, मातुली खेती से उपजी
स्वम मछलियों की तड़प से
याद आता है–स्वदेश का मत्स्य प्रेम
जहाँ मीन राशि भी है और लग्न भी
जहाँ आटे की गोलियाँ और लाईदाना खिलाते हैं लोग
जिन्दा मछली खरीदकर नदी में बहाते हैं लोग

एक्वेरियम से सूरीनाम देश के
शान्त जल में प्रतिबिम्बित–अपरूप रूप
जल के भीतर से
जीवन-स्वप्न, स्पर्श की अभिलाषा में
जल-सतह के ऊपर की मछलियाँ
स्नेपी, आका और ब्लोचोपांकी मछली-भोजी चिड़ियों की
मादक छल-भूख का शिकार बनती हैं–
निश्छल मछलियाँ

प्रगाढ़ प्रणय के सघन विश्वास का प्रतीक 'फायलॉबी फ्लावर'
शब्दार्थ के रंगों में 'प्यार की आग'-सा जलता उजलता
फुटपाथ और घर-भीतर
मुसाइन्दा और घासजीवी 'डॉटर सूरजमुखी' फूलों के बीच
बहुरंगी फायरलॉबी पुष्प-गुच्छों को देख
भारतीय वसुधा के वक्ष का सौभाग्य वृक्ष–अशोक वृक्ष के

श्वेत रक्ताभ पुष्प स्तबकों का सौन्दर्य
अपने पक्ष में पुकारता है–स्मृतियों को

पापाखाई, खुरचंबी और खैलबैख तोतों की
तीखी आत्मीय टेर अधीर कर जाती है आत्मा
गंगा-मैना की काकली स्मृति
वर्ष भर आम्रमंजरियों से सुरभित सूरीनाम देश में
हर क्षण अखरती है कमी
कोयलिया की मधुर तान की

सागर सुत सावनिया मेघों की
घिर-झिर आने की एकसार बरसात में
मयूरों की प्राणोत्कंठित ध्वनिगूँज की टहकती स्मृति में
तड़प उठते हैं–प्राण
घन-प्रेम में घनानन्द से बावला
नृत्यरत विभोर मोर के
पोर-पोर की अवस्मिरणीय फुरकन बीच
प्रणय की आत्मदग्ध पुकार में
साँसें खोजती हैं–आत्मीय साँस
आतंक और विध्वंस के
सहमे हुए समय में
याद आती है गिलहरी की चपल चंचलता
शीत की बरखा से
अपने शावक बचाने की विकलता में
ठहरी गुनगुनी धूप में
रस्सी, जूट बोरे की धुनाई करती गिलहरी
जैसे–वह भी किसी स्त्री की तरह
बच्चे के जन्म से पहले बुन रही हो–स्वेटर

सूरीनाम के 'वेकेशन फ्लॉवर' को
अपने समय के कक्ष के कैलेंडर बीच रखकर
मन गिनने लगता है–उँगलियों में
वेकेशन की प्रतीक्षा में 'होमलीव' के दिन

कि कब पूरे होंगे विदेश प्रवास के दाहक दिवस ?
जीवन की बँधी अँजुलि को
कब खोलेगा समय अपने देश के लिए ?
कि प्रिय के वक्ष की वसुन्धरा में समाकर
खिला सकेगी—अपने प्रणय का वेकेशन फ्लॉवर

सूरीनाम के सुनीलाकाश से

सूरीनाम धरती के
सुनील कैनवास पर
पेंटर सूर्य !
चित्रकार की तरह लालामी स्वर्ण लिए
सागरी मेघ के शेमली फाहे रखता है—
कल्पना के सिरहाने
ब्लैक एंड व्हाइट (श्याम और श्वेत) की जगह
ब्लू एंड व्हाइट (नील और श्वेत) के द्वारा
रचता है चित्रकारी की नई शैली
—कीर्तिमान नमूना
सूर्य रश्मियाँ गूँथती हैं अपनी किरणों में
रंगीन-धवल बादलों के मोहक प्रकार
चिड़ियाँ रचती हैं—पंखों से
रंगों का रंगीन फड़फड़ाता
कोमल संसार
कि पिकासो और वॉनगॉग के साथ
याद आती हैं—विश्व की प्रसिद्ध कला-दीर्घाएँ
और उनमें दिखाई देती हैं
सूरीनाम पेंटर—एरविन द फ्रिस
रिनाल्डो क्लास
जार्ज राम जिआवन
आनन्द बिन्दा की पेंटिंग्स

जिन्होंने देश के अस्पतालों-होटलों और
कई घरों को आर्ट गैलरी में बदल दिया है।
हालैंडी पैटर्न के बने मकानों की
लकड़ी की सफेद दीवारों के कैनवास में
टँगा है–
कलाकारों की आँखों-देखा
सूरीनामी दृश्य
संजीदा जीवन के खुले नंगे दृश्य
अँधेरी रातों में
पेंटर चाँद !
ताँबई रुपहला रंग लिये
आकाश के काले कैनवास भीतर
सितारों के साथ रखता है अपने कदम
अन्तरिक्ष में रचता है रजत का आकर्षक सौन्दर्य
स्वप्निल मादक संसार

सूरीनाम देश में
सविता रश्मियों की
लालामी अँजुली में
रखती हूँ–स्नेह-चितवन के समर्पण का
अक्षय चुम्बन
मातृभूमि के लिए

विदेश की हवाओं में
घुलाती हूँ–स्वदेश गन्धी स्वप्न श्वास
और अपरिचित दुनिया को
बनाती हूँ–अपने लिए आत्मीय
जैसे–बच्चे बनाते हैं रेत में घरौंदा
स्वप्न-खेल में जीते हैं जीवन-यथार्थ

प्रवास के नीलाकाश में
सुनीलाकाश का वक्ष ही स्वदेश

आँसू बनी आँखों के लिए राहत-ठौर
सितारों की छाती में
रोपती हूँ–आकाश-बीज
प्रणय के 'नील-पुष्प' के सुरभित प्रस्फुटन की
प्रतीक्षा में जागती हूँ सारी रात
सृजन की आहट अगोरती धड़कनें
रचती हैं स्नेह-तरंगित ध्वनियाँ
समय की कोटर में
जैसे–
चित्रकार रेखाओं में खींचता है
अभिलाषाओं के संकेत

वियोग-संताप की घनघोर घटाओं से
भरी आँखें जीती हैं रात-दिन–अश्रु बरखा
भीतर-ही-भीतर
जिन्हें सुनते हैं सूरीनामी बादल
और रह-रहकर बरसते हैं मेरी आँखों के साथ
किन्हीं स्मृतियों में
जैसे–
चित्रकार की रंगों में उतरता है
अनुभूति की स्मृतियों का शोख रंग

विषाद

अटलांटिक महासागर की तटौना भूमि
भूमध्यरेखा की निकटवर्ती
दक्षिण अमेरिका की आँख–सूरीनाम देश
फ्रेंच और ब्रिटिश गयाना के बीच
डच-भाषी संस्कृतिकामियों की हृदय-भूमि
पृथ्वी के दूसरे अन्तिम छोर पर–

स्वदेश-स्मृतियों की सागर-लहरियाँ
कभी हिन्द महासागर
कभी अरब सागर
कभी बंगाल की खाड़ी की तरंगें
तरंगित करती हैं—उर्जस्वित मन
विदेश में पाणिग्रहण कर
प्रथम प्रणय की परिणीता बन

सूरीनाम देश की वक्ष-सखा नदियाँ
कोरंटेन और नाइकेरी नदियों का संगम
संगम का महासागर में समागम
सागर नदियों के स्पर्श में
पीता है—नगर दुःख
सन् अट्ठारह सौ तिहत्तर में
अरकाठियों (दलाल एजेंट) के बहलावे का
परदेश में शिकार बन आए
भारतीय पीढ़ियों की गुलामी का
उमसता संताप—नदी-भीतर
सागर के वक्ष में
चुप होकर समा जाती हैं—नदियाँ
नवपरिणीता स्त्री के विह्वल चित्त की तरह

कमोबेना और सूरीनामी नदियों के जल में
दासता के शिकार हुए आजा-आजी के कसकते दर्द के
सिसकते आँसुओं का दग्धकारी ताप है।
लहरियों में अपनी जर-जोरू और परिवार से
विलगने का बिलखता शोर
सागर पीता है—नदियों का दुःख
ईश्वर की तरह
नदियाँ चुप रहती हैं
फूल की तरह
और महकती हैं अमृत की तरह

नदियाँ
तृप्ति का प्रतीक नाम है
और प्यास के विरुद्ध
धरती के पक्ष में
सूरज से अकेले
युद्ध लड़ती हैं।
नदियाँ
खामोश रहकर
संघर्ष के सुख का
शीतलता के स्पर्श का
प्रवाह के आनन्द की
भाषा रचती हैं।

सूरीनाम देश-देह के लिए
नदियाँ धमनियाँ हैं।
वे रचती हैं—देश
नदियों के नाम पर
नदियों के वक्ष पर
बने हैं नगर—कमोबेना, सरमका
निकेरी जैसे कितने नाम हैं उनके

शृंगार

अटलांटिक महासागर
चन्द्रमा की आशीष उपस्थिति में
अभिसार करता है—
सूरीनाम देश की सप्त सिन्धुओं के साथ
समुद्र !
सूर्य को साक्षी मानकर
स्वीकार करता है—

नदियों का स्नेह-समर्पण
पर्वत-प्रसूता नदियाँ
वसुन्धरा की आत्मजा
सागर की अंकशायिनी हैं।

सूरीनाम का सूर्य
सुहाग-सिन्दूर की अपनी लाली और रोली
भरता है—नदियों की माथ-माँग बीच
प्रणय-शृंगार से सँवर उठती है—नदी
अनुराग राग से भरपूर
प्रणयाग्नि के सप्तफेरों को जीते हुए
नदियाँ समर्पित होती हैं अटलांटिक महासागर को

पूर्णिमा का चाँद
रचाता है—नदियों की रुपहली सुहागरात
सागर के साथ
सूर्य करता है मन्त्रोच्चार—सुबह-ही-सुबह
सूरीनामी गायक पक्षी—त्वा-त्वा और ब्लाउफोर्की
गाते हैं—प्रकृति का अद्भुत अभिसार-गान

नदियों के वैवाहिक सांध्य-पर्व पर
वसुन्धरा माँ आशीर्वाद कामना से भरपूर
सूर्य को चढ़ाती है—केला, नारियल और फल-फूल
वासन्ती हवाएँ गाती हैं—सूरीनाम प्रकृति के
विवाह-पर्व के वैवाहिक लोकगीत

सूर्य सूक्त

सूर्योदय !
अपनी उषा रश्मियों की

अँजुलि में भर लाता है—वासन्ती प्रकाश विस्फोट
कैरेबियन देशों के
अर्धदिवसों के लिए

सूर्य !
अपने स्वर्ण-कुंड से
उलीच-उलीच भरता है—
अटलांटिक महासागर का शीतल जल

समुद्र !
स्याह-श्वेत कपोतों की तरह
उड़ाता रहता है—बादल

दिवस-भीतर
वसन्त-वर्षा का हर्ष
जीनेवाली वसुन्धरा में
प्रकृति रचती है—
पराग अनुरंजित पुष्प-रंगोली
रंगीन पंखों के परिधानी पक्षी
गाते हैं—न जाने कितनी भाषाओं में
प्रकृति पर रीइन-रीइन कर मंगलगान
प्रकृति के सौन्दर्य का नख-शिख गान

पक्षियों के कंठ में है
रीतिकालीन कवियों के
प्रकृति-शृंगारपरक गीत
अनुरागी चितेरे के
रीतिमुक्त सौन्दर्यबद्धगीत

इन्द्रदेव !
कैरेबियन देशों में रचते हैं—
तरल, वासन्ती सौन्दर्य-विलास

दिवस में कई बार
सतरंगी इन्द्र धनुष भीतर छुप-छुप
लखते हैं–स्वर्णिम, कोमल और रंगीन सौन्दर्य
कि जैसे–
वसुधा सुन्दरी की काया में
रेशमी लय-ताल में सधा-बसा है
प्रकृति का सौन्दर्य
स्वर्ग से बेहतर
पौराणिक कथाओं से बाहर निकल
साँस लेता है–
दक्षिण अमेरिकी उपमहाद्वीप की
पीताभ हवाओं में
सुनीलाकाश से झर आई
धवल बरखा से झरता है–
वेदों की ऋचाओं का अर्थ
जीवन-समर्थक शाश्वत अर्थ
पृथ्वी-प्राणियों के पक्ष में

2

सूर्य–गगन-पाखी
बिन डैनों का
पर, उसकी फड़फड़ाहट
सुनाई देती है–
बादलों की बरसात में
पक्षियों की चह-चह में
सूर्य-पाखी की ही गूँज
होती है सूरीनाम के
भक्त गायकों के कंठ में
भजन के शब्द बनकर

सूर्य-पाखी
जगाता है नित्य–

पृथ्वी के दिवस पाखियों को
उन्हें ले जाता है
खेत-खलिहान और नदी की ओर
चन्द्र-पाखी
बुलाता है पाखियों को
बसेरे की ओर
और सुलाता है–अपनी रुपहली लोरी में
घोंसलों की पहरेदारी का विश्वास सौंपकर

सूर्य-पक्षी
सूरीनाम के टी.वी. एन्टीना से
उतर जाना चाहता दर्शकों की आँखों में
प्रकृति का सर्वांग
और सृष्टि का सौन्दर्य बनकर
ऋतुएँ जहाँ रंग भर हैं
पक्षी जहाँ चित्र भर हैं
तितलियाँ जहाँ विज्ञापन हैं
और स्त्रियाँ–
चलचित्र की चंचल-चित्त तितलियाँ

3

सात समुद्र पार करता है
'सूर्य-पक्षी'
सूर्य-पक्षी है स्वर्ण-पाखी
रश्मियाँ है–स्वर्ण-पंख
पृथ्वी के गर्भ में–वक्ष में
स्वर्ण बन सुरक्षित
सूरीनाम धरती की देह में

सूरीनाम में सूर्य
मन्दिर से–मसजिद से

चर्च से–मजारों से–समाधियों से
आस्था बनकर पहुँचता है–अन्तस्तल में
और वहाँ से उपासकों की आँखों में
झलकता है झिलमिल
आस्था की दिव्य ज्योति बनकर

सूरीनाम में सूर्य
धार्मिक इमारतों-भवनों में
लिखता है–वेद का ऊषा सूक्त
और रचता है दिन में कई बार
'इन्द्रधनुष' इन्द्र की स्मृति में

सूर्य-मसजिद की मीनारों से
उतर जाता है–पहर की अजान में
ग्रेवयार्ड के सुलेखों में
कब्रिस्तान की कब्रों में
सूरीनाम में 'सूर्य'
'ईश्वर' 'खुदा' और गॉड बनकर
रहता है–इंसानियत के घर में

वसन्तवर्णी ग्रीन हार्ट

वर्षा का हर्ष
मेघदूत और वसन्त का सौन्दर्य रचनेवाले
कभी महाकवि कालिदास
कभी जनकवि नागार्जुन की
शब्द-स्मृति जगानेवाले देश में
शोख़, शैतान हवाएँ
किशोरियों की तरह
सन्नाटे के विरुद्ध

करती हैं–तेज़-तेज़ शोर,
बादल दिन में कई बार
आमन्त्रित-अनामन्त्रित
हवाओं से करते हैं–रोज़ खेल

प्यासी आँखों से हवाएँ
झोर लेती हैं–बादल
जमकर नहला देते हैं–बादल
हवाओं का ओर-छोर
फायलॉबी फूल में
कभी साँस छुपाती हैं–हवाएँ
कभी सिर छुपाते हैं–बादल
सूरजमुखी की तपी आँखों से लगकर
कभी चुप हो जाती हैं–मासूम बूँदें

बादल राग के
वसुन्धरी गायक मेघा
अपने गायन में बजाते हैं
गगनभेदी सीटियाँ
भारतवंशियों और भारतीय दादुर की याद में
मित्रता का शंखनाद हो जैसे
बादलों के समर्थन में
याद आता है निराला का 'बादल राग'
घास और गुल्मों-झुरमुटों के बीच
खेलते हैं जुगनू–लुकाछिपी खेल
अन्तरिक्षी सितारों को मोहक चुनौती हो जैसे
वर्षा के राग में
जुगनुओं का नर्तन
ज्योति का राग-पर्व

दैविक आपदाओं से परे
दैहिक आपदाओं के लिए चुप

भौतिकता से आँख मींचे
फूलों में महकता
फूलों के स्वाद में ठहरता
फसलों को जिलाता
स्वर्ण और लकड़ी की खान

ग्रीन हार्ट वृक्ष के वक्ष में
एक दिन वसन्तश्री देखनेवाला
सूरीनाम देश वर्ष भर जीता है–
वसन्त का सौन्दर्य-सुख
जबकि ग्रीन हार्ट/एलो हार्ट
अपने वासन्ती रंग में
जीता है सिर्फ एक दिन
ऋतुराज वसन्त का वासन्ती सुख
हवाएँ अपनी हथेलियों में लेकर
फैला देती हैं पीत-पुष्प
वसुधा के वक्ष पर
बनाती हैं–पीली शाम की अल्पना
कि शमशेर की कविता की
'पीली शाम' उतरती है धरती पर
सूरीनाम में एक दिन

वसन्तजीवी देश की 'वसन्तश्री' के सम्मान में
ग्रीनहार्ट वृक्ष के द्वारा
रचा जाता है एक अनोखा
प्रकृति के नाम
भारत की प्रकृति के यश-वैभव के लिए
स्वर्ण-पीत सम्मान पत्र

सोन चिरैया 'पोयसी'

पोयसी
सूरीनाम की सोन चिरैया
सबाना रेत-माटी से
स्वर्ण को खोद निकालनेवाली
मजदूरों से आँखें चुरा
चुरा ले जाती हैं—भूगर्भी दमकता स्वर्ण
जैसे—किंग फिशर
पानी से चुरा लेता है—मछली

सोन चिरैया 'पोयसी' के
चुराए स्वर्ण के टुकड़ों से
चुराती हैं स्त्रियाँ—स्नेह-स्वर्ण

अपने प्रवासी भारतवंशी प्रिय की
मन की अँगूठी के लिए
हीरे की सगाई अँगूठी
'इंगेजमेंट डायमंड रिंग'

हाथों में सोना

सूरीनाम में
हवाएँ बोलती हैं—
वसन्त की भाषा
सागर गाता है—
बदरिया संगीत
मेघ-बूँद में है
समुद्री धड़कनों का रसिक गान
सूर्य चटखता है

अपने स्वर्णिम ताप में

स्वर्ण रश्मियाँ ही
सोना बन जाती हैं–
सूरीनाम की
सागरीय स्वम माटी से दूर
मानव आबादी से सुदूर
जंगलों की जकड़बन्दी में बँधी
सबाना माटी के भीतर
सोने का इतिहास रचने

चुपके से धँस-घुस आए
विदेशी स्वर्ण-खदानी मजदूरों के साथ
सोती वेश्याओं को
देह-धन्धे की मजदूरी में
मिलता है–
ज़मीन से निकला
ताज़ा-ताज़ा ख़रा सोना
यौवनी देह के बदले

जैसे–वे ही मानवजाति में हैं–
शीश पर स्वर्णमुकुटधारी–'पोयसी पक्षी'
'सूरीनामी पोयसी' पाखी का मानुषी संस्करण।

सप्तसिन्धुओं के तट से

सूरीनाम देश की देह
सप्तसिन्धु प्रसूता देह है–
निर्मल चित्त नदियों के पास
अपना आतशी आईना है
जिसमें नदियाँ–

खुद को निहारती हैं–
सूर्य-चन्द्र के साथ
सुनीलाकाश नदियों के वक्ष में समाकर
पढ़ता है नदियों की धड़कनों की कोरी इबारत

नदियों के पास है
सूरीनाम, कमोबेअना, कोरन्तेन
नाइकेरी, सरमका,
अपनी विलक्षण भाषा–
प्रवाह में ही उसका उच्चार

सूरीनाम की नदियाँ
धरती की नील-तरल-परियाँ
तरंगों और लहरियों से–
बहती और बोलती हैं–
छूती और पकड़ती हैं
दिखती और छुप जाती हैं–
कभी हवाओं में
कभी पृथ्वी में

नदियों के पास
अपनी स्मृतियाँ हैं
ऋतुओं के गन्धमयी नृत्य की
नदियों के पास
स्वजात स्मृतियाँ हैं
सूर्य के तपे हुए स्वर्ण ताप की
हवाओं के किस्से हैं–
परी-लोक की कथाओं के।

नदियों के पास
तड़पती चपलता है
जिसे मछलियाँ जानती हैं

तुम जानते हो
मैं जानती हूँ

नदियों के पास
सितारों के आँसू हैं
रात का गीला दुख है
शिशुओं की निर्मल हँसी है
बच्चों-सा उत्साह है
माँ-सा समर्पण है
नाव-सी आकांक्षाएँ हैं

अकेले में
गंगा और तुम्हारी स्मृति में
सप्तसिन्धुओं के किसी तट पर
बैठती हूँ–
अपनी आँखों के तट पर
बैठे हुए तुम्हारी हथेली से
अपने आँसुओं को पोंछती हूँ
मछुआरों और जाल से
सहमी हुई नदी की तरह
सहमती हूँ
तुम्हारी अनुपस्थिति में
सप्तसिन्धुओं के तट पर
स्मृतियों की गंगोत्री में जीती हूँ।

आमने-सामने

परदेशी भाषा के सामने
अस्तित्व दर्पण हो जाता है
आँखें सिर्फ देखती हैं–

छपे-लिखे शब्द
कान सिर्फ सुनते हैं—
ध्वनि की प्रतिध्वनि
साँसें नहीं सकेल पाती हैं—
शब्दों की सुगन्ध
धड़कनें नहीं समेट पाती हैं—
शब्दों का ध्वन्यार्थ
पूरी देह को जैसे
काठ मार जाता है
रोमांच और अनुभूति के परे
चली जाती है—देह

आँखें
अन्धों की तरह
देखती हैं—शब्द
कान
बहरों की तरह
सुनते हैं—शब्द
ओंठ
शिला की तरह
पीते हैं—भाषा-नीर

स्वभाषा रचनेवाली उँगलियाँ
विदेशी भाषा की हथेली थामने में
सकुचती हैं—जैसे वे भी अजनबी हैं कोई
सुन्न हो जाता है उनका आवेग
लपककर नहीं मिला पाती हैं हाथ
दूसरी भाषा के शब्दों से
मानस नहीं बुझा पाता है अपनी भाषा-प्यास
किताबों की दुकानों में
पुस्तकालयों की आलमारी में
आँखें छूती हैं—

सिर्फ किताबों की देह
आवरण के चित्रों की रेखाएँ और रंग
शब्दों के आकार और प्रकार
मीडिया के समय-कक्ष में
मॉडल-सी निष्प्राण देह-सी लगती है
निष्पलक और स्थिर
कभी पराई भाषा
कभी स्वयं का भाषायी अस्तित्व

●

ध्वनिबोध की आत्मीयता के बावजूद
सम्भाषण के अवसर पर
मौन होकर साधक की तरह
एक भाषा सुनती है दूसरी भाषा को
जैसे–एक सितारा
देखता है दूसरे सितारे को
और जीते हैं–एक-दूसरे की चमक को
सुनने से अधिक
आँखों के साथ मिलकर
देखते हुए सुनते हैं–कान
और सोचते हैं–दीवारों के कान
ऐसे ही सुनते हैं शायद बात
कहनी की ध्वनि गूँज की भाव-भंगिमा में
आँखें करती हैं अर्थ-संधान
मौन भाषा में
हथेली मौका पड़ने पर भी
चूक जाती है–ताली बजाना
क्योंकि–अनजान भाषा से
कहाँ रोमांचित हो पाती है चेतना ?
पराई भाषा के शब्दों को
पढ़कर
आँखें अपना बना डालना चाहती हैं
अपनी मातृभाषा की तरह।

शब्दों के पार
उतर जाना चाहता है चित्त
आँखें मिलती हैं–शब्दों से
शब्दों की आँखों से जानना चाहती हैं
शब्द रचनेवाली आँखों के भीतर का संसार
और चित्त के पार की दुनिया
पर,
विवश हैं भाषा की आँखें
परदेशी भाषा के सामने
जैसे–विदेश में विवश होती हैं आँखें
विदेशी के सामने
अपने हृदय की आँख मिलाने में
डरती हैं आँखें
दूसरी भाषा के शब्दों से
शुरू में मन मिलाने में
झिझकता है मानस

एक भाषा का मन
नहीं पहचान पाता है दूसरी भाषा का मन
जैसे–हिमनदी हो वह कोई
अपनी सदानीरा भाषायी नदी के सामने

व्हाइट हाउस का संगीत

उत्तरी अमेरिका के 'व्हाइट हाउस' से
अधिक प्राचीन 'दक्षिण अमेरिका' सूरीनाम के
पारामारिबो का राष्ट्रपति भवन (व्हाइट हाउस)
राष्ट्रपति नहीं, राष्ट्र की आँखें रहती हैं
राष्ट्र के लिए स्वप्न देखती हुईं

श्वेत भवन

जिसकी सफेदी को स्याह
बना रहा है समय
राष्ट्रपति आवास के बगैर
आत्माहीन है 'व्हाइट हाउस'
चुप जैसे–दृष्टि के बगैर
आँखों के बचे हैं कोटर
किसी समझदार बुजुर्ग की निष्पलक धुआँई आँख की तरह

सूरज जगाता है रोज
पर, राष्ट्र के भीतर
सोता है–राष्ट्रपति भवन
अतीत की किन्हीं यादों को
इतिहास पट्टिका की तरह
अपनी आँखों में बाँधे हुए
देखता है–ख्राफन स्त्रात-वातरकान्त स्त्रात
और सूरीनामी नदी का जीवन्त आवेग
स्वीकार करता है कई देशों की
ध्वजाओं की आत्मीय सलामी
मूँदी आँखों में

द्वितीय विश्वयुद्ध में
शहीद हुए जापानियों की स्मृति में
खड़े स्मारक के सामने चुपचाप नतमस्तक
जिसे देखती हैं–
बारनेत लिओन[1],
जोहेन फेरइ[2]
योनहॉन पैंगल[3]
एलिएस सेसर दे मिरांडा[4] की
पथरा चुकी आँखें
कभी गवर्नमेंट फील्ड रह चुके मैदान की
भवन-घड़ी घंटा-दर-घंटा

---

1. जनरल : विदेशी मजदूरों के व्यवस्थापक अधिष्ठाता, 2. अन्तिम गवर्नर और प्रथम राष्ट्रपति (राष्ट्रपति से पूर्व सर्वोच्च अधिकारी गवर्नर कहलाता था, 3. प्रधानमन्त्री–नेशनल पार्टी सूरीनाम, 4. प्रथम प्रधानमन्त्री

समय खोलती हुई भी
नहीं खोल पाती है
व्हाइट हाउस के दरवाजे और खिड़कियाँ

प्रति रविवार को
सूर्योदय के साथ
आजकल इंडिपेंडेंट फील्ड की
फुलेरी घास के मैदान पर
सूरीनाम नदी की लहरियों की धुन बीच
पक्षीप्रेमी रईस
(पक्षी पालन सूरीनाम में रईसी व्यसन)
भोर-ही-भोर
नियत जगह पर
अपना डंडा गाड़
टाँगते हैं अपना 'प्राणप्रिय पखेरू' पिंजरा
पक्षी गाते हैं
वही गीत जो इन्हें उसी समय
सुनाया जाता है
एक्सटेम्पोर-भाषण की तरह
कभी कैसेट से सुनकर गाते हैं गीत
आधुनिक संगीतकार
ध्वनिवेत्ता और भाषा-वैज्ञानिक हैं पक्षी
त्वा-त्वा, पापाख़ाई, खुरचंबी, खेइलबैख़, रौउती गायक पक्षी
सुनता है—सोया हुआ व्हाइट हाउस
रविवार की हर सुबह
सप्ताह में जीता है एक दिन
पक्षियों का संगीतमय आनन्द
रंगों और ध्वनियों का खुशमिजाज दिन

सूरीनाम एसेम्बली का भवन भी
चुपचाप देखता है चुने हुए पक्षियों का जुटाव
देश के चुने हुए प्रतिनिधियों से

कहीं अधिक सार्थक

राष्ट्रपति भवन की बाईं तरफ
लेफ्टिस्ट ताकतों के विरुद्ध
हालैंड के 25 फरवरी 1980 के
मिलट्री आक्रमण की
दर्दनाक अग्निमूलक कथा
काली-कोयला हो चुकी
लकड़ियों में अब भी शेष है
मनुष्यता और स्वाधीनता के विरुद्ध
नृशंसता की काली करतूत के दाह-चिह्न
श्मशानी इतिहास
जिसकी मिट्टी में
कोई पौधा उगने में
अब भी थरथराता है।

राष्ट्रीय ध्वज

विदेशी धरती पर
राजदूतावास परिसर के
राष्ट्रीय ध्वज में
खड़ा है–स्वदेश

अजनबी हवाओं को
छूता-चूमता
अपरिचित फिजाओं की
लय-ताल पर
जीता-झूमता
स्वदेश झाँकता है–
झंडे के तिरंगे में

प्रवासी भारतीयों की
नम आँखों में बसी
मातृभूमि की चमक
फहराती हैं—देश-ध्वज में

विदेश-प्रवास में
सहमे-थके माथे को
सहलाता है—ध्वज
स्वजनों की याद से भरकर

भारतीय ध्वज में
शस्य-श्यामला वसुन्धरा की वत्सलता
स्वदेश की चाहत से भरकर
तृप्त होती है—जहाँ

विदेश के
देश-ध्वज में
प्राण-पण के लिए
जीवनदायी संजीवनी शक्ति
पताका के स्नेह राग-रंग में
आँखें जीती हैं—
स्वाधीनता का आह्लाद-सुख
तन-मन में
संस्कृति स्पन्दन।

भरातीय ध्वज-तले
कि जैसे—
मातृभूमि के पग-तल में
देशभक्ति-रत
प्रवासी भारतीय मन
करता है नमन।

पसीने का इतिहास

सूरीनाम की धरती पर
भारतवंशियों और अफ्रीकी पाँवों ने
घास-मैदान
फुटपाथ-घास बीच
बनाई हैं–पगडंडियाँ
बिना खने
सिर्फ अपने चरण-चिह्नों से

सूर्य की
भूमध्यरेखीय प्रज्वलित 'मोहर' ने
किया है और अधिक धवल
हरी-फूलभरी धरती पर
दौड़ते हैं सरपट–ल्यौकाना[1] और साँप

समय की तरह
जागती रहती हैं–पगडंडियाँ
सूरीनाम के जंगलों में
पाँवचारी आदमियों की प्रतीक्षा में

सूरीनाम की पगडंडियाँ
'माँ' की तरह इन्तज़ार करती हैं–
मजदूर ग़रीब पैरों को
घर तक पहुँचाने के लिए
नहरों के पानी में
दिखाई देता है–
भारतवंशियों में
पसीने का इतिहास

हालैंड-सत्ता के कोल्हू पर
भारतवंशियों ने निकाली

1. ल्यौकाना–भारत के गिरगिटान के आकार-प्रकार का बड़ा प्राणी,

अपनी हड्डियों को पेरकर
खेती-बारी के लिए उर्वर-माटी
हिन्दुस्तानी संस्कृति-बीजों के लिए

शकटार के वंशजों की तरह
अपने हाथों खखोर-खखोरकर निकाली
लाइडिंग की अनगिनत नहरें–
कामोसारसवेतन वैख़
और ओइतकेक की नहरें[1]

नदी और मछली का गम

सूरीनाम की नदियाँ–
सूरीनाम, कमोबेअना और कोरन्तेन
बुझाती हैं–अपनी प्यास
महासागर की नीलामी हिलोर से
लेकिन
सरनामियों की प्यास
बुझती है–पारबो-बियर से

नदी-तरंगों के वक्ष से हिलगी या ही लगी
युगल जोड़ों की आँखों की प्यास
नहीं बुझ पाती है–
अधरों के आपसी संवाद से

सागर-लहरियों की झोली में से
बह-उझक आई तट मछलियों में
छूट जाती है–लहरों से बिछोह की
छटपटाती प्यास

---

1. भारतवंशी मजदूरों के द्वारा 1873 से खोदकर बनाई गई उन्नीस नहरें, जिनसे धान की खेती में सहायता मिलती थी।

मछली की तड़पती उसाँसों को
भरता है–पारबो-बियर की बोतलों का
रिक्त फेफड़ा

साँसों को सरस करने की कोशिश में
रीत चुकी बोतलों में
भरी होती है–मछलियों की व्यथा-कथा
सागर से पलटकर नदी में बह आने का दुख
वियोग का दग्धकारी संताप
एक-एक कर घुसता है
शराब की खाली बोतलों में एक साथ
नदी और मछली का गम

सूर्य-ताप से
दग्ध देह वाले समुद्र के
तूफानी आवेग से उफनती है–
सूरीनाम की सप्त नदियाँ
सप्तसिन्धुओं का देश रचती
सिन्धु घाटी की सभ्यता की
स्मृतियों में सिसककर
अपनी लहरियों के भीतर

नदियों का तट
अनुभव करता है–नित्य
नशे की धारा का आवेग
तट-वक्ष की रसीली धड़कनों पर
लड़खड़ाते पाँवों के यूरोपियन निशानों ने
अपने चिह्नों से रेत पर लिखी है–
नशे की करुण दास्तान

हवाओं में घुली हुई
अफ्रीकन और स्पेनिश संगीत-धुन पर

बहकने और लहकने की ऊष्म श्वास बीच
तैरती हुई सुनाई देती है–
गहरी रात गए
मछलियों की छटपटाहट
और नशे की तड़प
समुद्र-तटीय हवाओं के बीच
'पारबो-बियर' की बोतलों में।

ऐतिहासिक इतिहास

भारत में
सिन्धु-घाटी की सभ्यता
और हड़प्पा की खुदाई
देखनेवाली आँखों ने देखा है–
सुरा की सभ्यता का संग्रहालय
शराब की बोतलों के इतिहास में

राजधानी-पारामारिबो के बीच-बाजार में
क्रिस्नापॉलस्की पंचसितारा होटल के
विशाल कक्ष की तरंगित रोशनी की रंगीनियों में
गोरी, नीग्रो जाँघों की चमक बीच
जग-जगह रेतीले-ढूह बीच पड़ी थीं–शराब की बोतलें
बिसरे हुए समय के ऐतिहासिक शब्द की तरह।

पढ़ और लख रही थीं जिन्हें
यूरोप-कैरेबियन देशों की
न जाने कितने रंगोंवाली आँखें
अपने दृष्टिपात-भर से जो
उतर जाना चाहती थीं–
अतीत के नशे के स्वाद और खुमार में

शीशी-बोतलों के संग्राहक
मार्क्वेस विस्सर !
पेशे से इन्श्योरेंस कम्पनी के कर्मचारी
जीवन के बाद जीवन बचाने की जद्दोजहद में रत
तीन वर्ष से सरनामी प्रवासी
लातिन अमेरिका के भाल पर दबे
अटलांटिक महासागर के तट पर बचे
दो शताब्दियों पहले बने
बोतलों के कब्रिस्तान का रहस्य जानने में
समा गई विस्सर की नीली आँखें
भूमध्यसागरीय तट पर
लावा-सी बरसती हुई धूप में
सूर्य पीता रहा—विस्सर का खून
तपती-तपाती
पिघलाती-जलाती धूप में
पसीने से माटी को
गिलिया-गिलियाकर
सूर्योदय से सूर्यास्त तक
सूरीनाम की धरती पर जाँगर-चाप के
खनी खुदाई
समुद्री रेत-माटी में
जहाँ आधुनिक समय में
पुरानी पड़ चुकी कारों के पंजर
अटलांटिक सागर तट पर
दफनाए गए थे—
हिलोरों के उद्दाम-आवेग से
समुद्री तट को बचाने के लिए

कभी खून में घुला था
जिन बोतलों से नशा
एम.एच. विस्सर ने

सन् 1730 के बाद से
अब तक बोतलों को
माटी से खनकर बाहर किया
तीन वर्षों के सूर्य-ताप से दग्ध-देह में
बची सिर्फ अस्थि-देह
सुरा की शीशियों में खोजी
सभ्यता की चमक
नशे और सौन्दर्य की गमक

रंगीन, खाली बोतलों के सूनेपन में
ठहरा हुआ था समय
तट के वक्ष की माटी से
सनी हुई थीं—बोतलें
स्नीप, सबाकू, ज़्वालिव और फ्लामिंगों पक्षियों के साथ
मछलियों की तरह
खोद—चुन रहे थे बोतलें
और बोतलों में अतीत का समय

कुछ बोतलों में सौन्दर्य का इत्र था।
कुछ में यौवन और पद का मद
उन बोतलों पर दिख जाती थी
छूटे हुए अधरों की कशिश
और नशे में ढीली पड़ चुकी उँगलियों के निशान

कुछ शीशियों में थीं—कैद हवाएँ
कुछ शीशियों में शराब के ज़हर होने की ख़बर
जिस पर 'नॉट टू-बी टेकन'
नशे के उस युग में भी
ज़हर को ज़हर कहने का रिवाज न था
ज़रूरत की संस्कृति ने रचा—एक साथ
अमृत और विष
औषधि और मदिरा का रोचक

शास्त्र और संगीत

सभ्यता ने रखे
सुरा की बोतलों पर संस्कृति के निशान
'सैकूनी लैगस ऑफ दी लेडीज'
रखे गए बोतलों के नाम
जिनके आकार में है–
स्त्री के पैरों की कमनीय आकृति
आँखें लेती हैं–सौन्दर्य का स्वाद-सुख
नशे के उस युग में भी
ढकी देह के भीतर से सौन्दर्य-पान का
कमनीय रिवाज़ था।

चकाचौंध के आधुनिक समय में
उघरी हुई काया से भी
वह नशा नहीं निचुड़ता है।

खुदाई से निकली हुई खाली बोतलों में
साँस ले रहे हैं–'कुछ शब्द नवजात शिशु की तरह'।
मोमबत्ती और दीयों की रोशनी के बीच
टँगा है–अन्वेषक विस्सर का
खुदाई के पसीने से गीला और रेत से सना
अनुभवी जीन्स-पैन्ट और हैट
कुदाल, फावड़ा और कैप
खुदाई की कला में दक्ष
कलाकार की हथेली का गवाह
टूटने नहीं दी जिसने शीशियाँ

बोतलों के इतिहास में
नशे का इतिहास खोजती
बेल्जियम के बहुघुमक्कड़
शराब की बोतलों के संग्राहक और फोटोग्राफर की याद में

समय ने काँच की जिन बोतलों को दफनाया था
विस्सर ने अपनी अड़तीस वर्ष की उम्र में
समय के पूँजीवादी नशे में
'पुरखन बोतलों' से जोड़ा है संवाद
ऐसे में याद आते हैं सहसा–
भारत के रद्दी खरीदनेवाले मजदूरकर्मी
ग़रीब क्रेता–साइकिल और रिक्शा से फेरी लगाकर
टूटी शीशियाँ, फटे-कटे अख़बार गट्ठर
और स्कूली पढ़ाई के बाद बची-खुची किताब-कॉपियों
के खरीदार
अमीर घरों की ग़रीबी के खरीदार
कड़ी धूप, ठिठुरती ठंड और बरसात के डर से परे
लाउडस्पीकर-सी तेज़ आवाज़ में

बादल और सूरज

सूरीनाम में
दिन चढ़ने के साथ
सूरज के ताप को हुक्के की तरह
पीता है–शीतल अटलांटिक महासागर
धुएँ की तरह उड़ते हैं
बादलों के सफेद, मुलायम, छल्ले–रातोदिन।

सफेद और काले बादल
दिनभर, खुद-ब-खुद
बनाते हैं–आकाशी कैनवास पर
सागर-मन के अन्तरंग हलचल-चरित्र-चित्र
आकाश की नीली ज़मीन पर
रचते हैं दिन में कई बार इन्द्रधनुष

अस्त होते सूरज से चुराते हैं–सिन्दूरी अबीर
'निराला' की संध्या-सुन्दरी के कपोल रंग
मनाते हैं रोज़
कुछ गीला फाग
कुछ सूखी रंगीन होली।
सूरीनामी बादलों में
होती हैं वासन्ती हवाएँ पर्त-दर-पर्त
रेशमी और कोमल
धरती पर आने से पहले
बादल लिखते हैं–
स्वागमन की स्मृति-कथा
शैशव-क्रीड़ा में होता है
महासागर पिता का प्यार
उनकी हँसी में होता है हवाओं का मोहक दुलार
ईश्वर की तरह
अवतरित होते हैं–कैरेबियाई बादल
और धर्मग्रन्थ की तरह
बरस पड़ते हैं–बगैर किसी अपेक्षा के।

धरती पर
उतरने से पहले
बादल जी लेते हैं–पूरा आकाश
वे जानते हैं–
धरती में बूँद बन पाँव धरने का मतलब
फूल बन जाना
फसल बन जाना
या फिर नदी बन जाना
तृषा-तृप्ति के लिए
खुद को मिटा देना।

कन्कत्री वृक्ष

सूरीनाम की
सामुद्री धरती पर
वर्षों के इतिहास हुए
समय को
अपनी शाखाओं में गिनते हुए
कन्कत्री वृक्ष–महावृक्ष
समय के सान्ताक्लाउज बने हुए
आशीषते हैं–
अपने आस्थावानों को
जिनके हैं–ईश

अमर इंडियन
और इंगी प्रजातियों के इष्टदेव
भूत-प्रेत उद्धारक

जंगल के ऊँचे वृक्ष
दूर से लख लेती हैं–
जंगल-जीवी जातियाँ
जिनकी दृष्टि-पुकार पर
कन्कत्री हर लेता है–तापसी छाया
अपने रेशमी धवल
सेमल के फाहे से

आस्थाओं का केन्द्र
कामनाओं का सिद्धक
कन्कत्री-वृक्ष
भारतीय सेमल-वृक्ष
जो रह-रहकर
बच्चों की तरह
उड़ाता रहता है–

रेशमी धवल गुब्बारे

उढ़ाता है–कभी
धरती पर श्वेत-रेशमी चादर
आशीषी-ओढ़नी
आपदाओं के विरुद्ध
जिससे
जीवन में झरता और बसता है–बसन्त
रेशमी चादर पर
प्रकृति खेलती है–फाग
हवाएँ गाती हैं फगवा
पर वृक्ष है–
साधनारत तपस्वी
श्रद्धारत मानव के
तन-मन की रक्षा में रत

कैरेबियाई कन्कत्री से
झरते हैं–श्वेत-पुष्प-गुच्छ
रेशम खिलने से पहले
आँख की तरह
धवल-रेशम का
पुतली-सा काला बीज
आँख बनकर
घूरता है–प्रेतात्माओं को
और संरक्षक बनकर
रक्षा करता है–दुष्टताओं से

पारामारिबो के
रोडेक्रासलॉन नम्बर-10 पर खड़े
कन्कत्री वृक्ष तले
निर्धन नीग्रो की
गरीब-बस्ती में

झाँकती है–गरीबताई
किसी भी देश की

कन्कत्री-वृक्ष से
झरती हैं–बचपनिया स्मृति
कि सेमल के फूल से
बने प्रथम रेशमी-उज्जर-फुल्लक
अटारी पर पड़ी चारपाई पर
पसर-फैल
देता है दस्तकें
कि फाहों को–
अपनी फ्राक घेरे में सहेज
नानी से जिद कर
बनवाया था–तकिया
कोमल सपनों के लिए
कि–सपनों के देश जा सकें–
रुपहली परी के साथ

आवारा

कैरेबियाई देशवासियों का
प्रिय फल–आवारा
नदी-तट और समुद्र-तट जीवी सन्त-सा
गेरुए रंग का दीप्तिमान फल
मस्ती ने जिसको
नाम दिया–आवारा
सिन्दूरी और गेरुआ–अंडाकार

नारियल के वृक्ष-सा
तना हुआ वृक्ष

जिसके शीश पर
गेरुए अंडों का स्तबक
कि सुबह का सूरज
छोड़ गया है अपना
रूप-रंग-रस
या 'उषा' सुन्दरी
उतार आई है
अपना सिन्दूरी आँचल–आवारा में

नीग्रो नवयुवक-युवतियों की
स्यामवर्णी माटी के
कसौरा-सी हथेली की मुट्ठी
और मुट्ठों में
भरे मिल जाएँगे–आवारा
सुनहरी चमक में
जैसे–आफरो संस्कृति का रस
घुल गया हो आवारा में

सूरीनाम देश की
टैक्सी में
यदि चालक है–भारतवंशी
तो बजते हैं–हिन्दी फिल्मी गाने
और याद आते हैं–
मुकेश–राजकपूर
यदि होते तो गाते–'आवारा हूँ'
फल के पास होता कंठ तो गाता वह भी–मुकेश का गीत

तने हुए पेड़ से कूदकर
नीग्रो हथेलियों से
पहुँच जाना चाहता है–घर-घर
खिलन्दड़े स्वाद के लिए

जंगल-जग से

सूरीनाम के अन्तरंग में
पॉलिम्यू के जंगल
गहरे घने हरे रंग में
जंगल की गहराई गाते
वृक्ष अपनी जाँघों में
बाँधे हैं–
अज्ञात कुलशील लताओं को
सर्पगुच्छ की तरह।
लताएँ ढँके हैं–
वृक्षों का वक्ष

जंगल के वृक्षों की
टहनी-दर-टहनी
हैं–अनगिनत भुजाएँ
पक्षी सौंप जाते हैं–
कुछ शिशु पुष्प-पौध
और कभी कैक्टस प्रजाति
अपनी क्रीड़ा में
क्रीड़ा के लिए

जंगल के शिखरों में
वृक्षों की फुनगियों पर
अवसर मिलता है–कहीं
कली को खुलने का
फूल को महकने का
कि वसन्त-ऋतु की दमक में
जंगल का शिखर
यान से फूलों की घाटी लगता है

सिर्फ हरे और हरे

हरीतिमा के मन से भरे
हृदय की आँखों में
सावन रचते हैं
और कंठ में वन-गीत
कि भवानी भाई की कविता के
सतपुड़ा के जंगल
शब्दों से बाहर निकल
गले मिलते हैं–
सूरीनाम के जंगल से
जो ब्राजीली वनों के भी हैं–गोतिया

बोक्साईड की नींव पर
डटे खड़े झंझावतों से परे
अमेजनी मिट्टी पर खड़े
महासागरी हवाओं के
उजले मानसूनी पालने में पले
सूरीनामी जंगल
जंगली हत्यारों की निगाह में हैं–
लेकिन हाथ–पहुँच के बाहर

सरनामी जंगलों ने
भाषा की तरह
खुद को भीतर से बाहर तक
ज़मीन के ऊपर और अन्दर तक
खुद को इतना घना
और जंगली बताया है कि
आदमी की आँखें
काँपती हैं–
जंगल के अन्धे कुएँ में झाँकने में
कि कहीं हरा जंगल
अफ्रीका के ऑक्टोपस वृक्ष-सा
जकड़ न ले

कि शरीर तो बचा रहे
पर 'जान' निचुड़ जाए
जंगल को 'डॉलर' और 'यूरो' में
तब्दील करने की चाहत भर से

अमर इंडियन

अमर इंडियन
सघन-वन बीच
पथ और पगडंडियों से परे
यान ही पहुँचने का माध्यम
और दृष्टि ही पथिक

नदियाँ ही
जंगल का रास्ता
और जंगल
देते हैं—नदियों को रास्ता

नदियों के बीच
जंगल की देह से बनी
लम्बूतरी डोंगी ही
गाँव-से-गाँव
जंगल-से-जंगल
तट से द्वीप की दूरी का वाहन
जलयान ही साधन

सघन वन-बीच
मछली-सी बिछलती-तैरती
जंगल पानी पीती हुई
जीती नदियों में

अपना जीवन डाले हुए जीते हैं–
अमर इंडियन
अपने परिवारों में
परिवार कबीलों में
और कबीले–
तीर-धनुष से करते हैं–शिकार
हिरन हो या साँप या फिर पाकीरा सुअर

वृक्षों के तनों के ऊपर से
शुरू करते हैं–अपने काष्ठ घर
और विह्वर मंकी की तरह
बुनते हैं–अपना हैमक पालना
वृक्षों के वक्ष बीच तना-झूलता
पेड़ों के पाँव पर
खड़े हैं–अमर इंडियन के बसेरे
लकड़ी के पटरों और लट्ठों से
बने हैं–घरों के घोंसले
चार फुट की ऊँच से
शुरू होते हैं–अमर इंडियन के घर
तासी पत्तियों की छत ओढ़े।

कपासी सूत के हाथ-बुने
पालनों में पड़ी जिन्दगी
कसाबा-रोटी
और मछली-शोरबे में
जीती है अपना समय
और कसीरी शराब की
गुलाबी रंग-गन्ध में
देखती है–रौनकी सपने
थमी हुई–जिन्दगी की
ठहरी हुई मौत में
जिन्दगी जागने के सपने

झरनों में अटकी
बड़ी मछलियों के फँसने पर
हिरणी हड्‌डी की बनी बाँसुरी पर
धरकर ओंठ
फेंकते हैं–साँस
अनुराग भर
उत्सव के लिए
राग से भर
कछुए के खोल पर
मधुमक्खी का मोम चढ़ा
देते हैं उँगलियों की रगड़
और छेड़ते हैं–
अनूठी जंगली टेर
कि वन-देवी
प्रसन्न हो
अलोप ही
देखती हैं–समर्पण नृत्य
और आशीषती हैं–
सूरीनामी अमर इंडियन को
कि वे बचाए हुए हैं वन
और 'वन-माँ' को
कि 'डॉलरी सभ्यता' के
दारुदम जत्थों की
भोगपरस्ती के बावजूद
मिलने पर उनसे
हाथ तो मिलाते हैं–अपना
पर दिल !
दिल अपना सहेजे रखते हैं–
वन देवी की पूजा के लिए
वन देवी के घर
जो है–वन के भीतर

और उपासना करते हैं–सूर्य, चन्द्र
और पृथ्वी की वर्ष भर
कि अन्तरंग तक
हाथ न पहुँच पाए उड़नेवाले
जंगल लुटरों के

अमर इंडियन
अपनी भक्ति में जीते हैं–
अपनी शक्ति
अपनी भाषा में अपनी संस्कृति
मानवोचित और मानवीय
अत्यन्त आत्मीय

अमर इंडियन
नहीं सीखना चाहते हैं
यूरो और डॉलर कमानेवाली
धोखे से भरी
छल-प्रपंची मीठी भाषा
अमर इंडियन की
कसीरी देशी शराब-सी है
धीमी ध्वनि और गीत-गति की
मोहमयी मृदुल भाषा
भक्ति से मधुरास के
बीज-शब्द से सम्पन्न
कि उन्हें मनोरंजन के लिए
कभी किसी टी.वी. या ब्लू फिल्म
या पब या बार या क्लब की
जरूरत नहीं पड़ती

अमर इंडियन के
अधवस्त्र में भी
आच्छादित है नग्नता

जबकि
रंगीन शीशों के ग्लास भीतर बन्द
पल रही
तथाकथित सुन्दर से सुन्दरतर सभ्यता
नग्न से नग्नतर लगती है कि
देह पर पड़ा हुआ वस्त्र
देह को ढकने से अधिक
देह को उघारकर रख देता है कि
मानव को
हिंसक बनने में
देर नहीं लगती है–
सारी सभ्यताओं के बावजूद

बिजली के तारों पर

सूरीनाम देश की
मेघबूँद
बिजली के तारों पर
बोती है–बीज
हवाएँ रखती हैं–रजकण
और धूप सेती है–पौधा
बिजली के तारों पर
लटकी रहती है–
फूलों और पत्तियों की झालर
पक्षी जिनके माली और मालिक

घरों की छतों पर
कि जैसे टीन के चबूतरों पर
पक्षियों की लगती है–सभा
साँझ की अगवानी में

अटारी-दर-अटारी

भारतीय गाँव घरों के
स्मृतिजीवी सूरीनामी पाखियों में
प्रवासी भारतवंशियों की आत्मा के
प्राण-पखेरू बस गए हों जैसे
सूरीनामी पक्षियों की जीवन-चर्या में

यलो-बीक पाखी
अपने पीताभ वर्ण को
सौंपती है—अरुणिम सूर्य की लाली में
प्रकृति के वासन्ती सौन्दर्य से
यलो-बीक ने रची है अपनी मादक छवि
रेड-बैली पाखी
अपने खून लाल रंग से
सूर्यास्त को सौंपती है—
अपनी छाती का चटख लाल सलाम
प्रवासी भारतवंशियों के नाम

सप्तसिन्धुशाली सूरीनाम देश में
प्रवासी सप्तजातियों के जेबी-मनी-पर्स में
डच-गिल्डरी-सूरीनामी करेंसी के साथ-साथ
होती है हृदय के धन सरीखे नाते-रिश्तेदारों की तस्वीरें
नियति के शिकार हुए
प्रवासी हैं जो किसी-न-किसी देश में
एक पासपोर्ट बनवाकर
जिन्दगी से पास कर गए
पर हृदय के एलबम में
पासपोर्ट भर बचे हैं वे अब भी
जिनकी आँखों से आँखें
मिला लेती हैं—आँखें
सूरीनाम की भागादौड़ी ज़िन्दगी में

पैसे के लेन-देन के समय
पर्स खोलकर कि जैसे
दिल खोलकर

स्मृति-कथा

सूर्योदय से सूर्यास्त के बीच
जागता-जीता है देशपुत्र–सूरीनाम
सविता गूँथती है–फूलों में कान्ति के गजरे
घन-घटाएँ धोती है–धरती-देह
सूर्य रश्मि से दमकता है–सूरीनाम
चाँद के रुपहले स्वप्न देखता है सूरीनाम
वर्ष भर वसन्त-श्री का सौन्दर्य भोगता हुआ
दिन में कई बार वर्षा का हर्ष पीता–सूरीनाम
सुगन्धित निर्मल प्रकृति का मनोहर स्तबक है।

सूरीनाम कमोबेना नदी के सिरहाने
जीवन की वंशी डाले
भारतीय स्मृतियों में खोया
स्वप्नों में बिछुड़े स्वजन खोजता
धरती को रोज बनाता है
अगवानी के काबिल
और विहान से अगोरता है राह
एक अप्रवासी भारतीय
प्रवासी भारतीय की प्रतीक्षा में
राहों का अन्वेषी बन खड़ा है
अटलांटिक महासागर के तट पर
सूरीनाम की वसुधा के लिए

भारतीय प्रवासियों की

नवतुरिया पीढ़ियों की आँखें
बरस पड़ती हैं आत्मीय आँखों से बतियाने के लिए
नदी की तरह समा जाना चाहती हैं—एक-दूसरे में
भारत का स्पर्श कर आई किरणें
अपनी स्वर्ण-स्याही से
लिखती हैं रोज—एक भारतीय चिट्ठी
सूरीनाम देश के नाम
सूरदास के पद में श्रीकृष्ण पूछते हैं उद्धव से—
ऊधौ ! मोहे ब्रज बिसरत नाहीं,
सूरीनामवासी गले-लिपट भारतीय से पूछता है
अपने आजा-आजी के घर-द्वार के हाल-चाल
सरनामी पुरखों के गुलामी जिए पंचतत्त्व
समा चुके हैं—सूरीनाम के पंचतत्त्वों में
भारतीय पंचतत्त्वों से बनी देह-माटी के
खून-पसीने से बनी सरनामी धरती
भारतीय प्रवासियों की मातृभूमि !
भारत-भूमि के सदृश

देह से दूर हुए पूर्वज-पुरखे
मन की देह-घर में हैं बचे-बसे हुए
खोलते हैं जीवन के अनजाने सजीले रहस्य
हृदय के नक्शे के भीतर
अत्यन्त आत्मीय
अपनी ही आत्मा की तरह

काले आँसू

सूरीनाम वासियों की
मातृभूमि सूरीनाम
पितृभूमि हालैंड

पैतृक पराधीनता की
परछाईं भीतर साँस-खींचता सूरीनाम

लातिन अमेरिका का शीर्ष
ब्राजील देश का शीश
नॉर्थ अमेरिका का अर्द्ध-गोलार्द्ध साउथ अमेरिका
अमेरिका के पग-तल पर सभ्यता का दास
अमेरिकन्स का बैकयार्ड लातिन अमेरिका
लेकिन नाभि-नाल विच्छिन्न

'डच गयाना' से 'सूरीनाम' नामकरण के बावजूद
हालैंड के हृदय का मांस पिंड
न्यूयोर्की शिक्षा-दीक्षा के प्रभाव से सुदूर
यूरोपियन संस्कृति का चेहरा ही
सूरीनामी सभ्यता का मुखौटा
डच भाषा में खोलता है–
निजी स्वप्नों की धड़कनों की ध्वनि
जबकि सूरीनामी हैं–सिर्फ प्रवासी
तीन पीढ़ियों के पुरातन प्रवासी
भारतीय (हिन्दुस्तानी) हों या चायनीज (चीनी)
जेपनीज़ हों या इंडोनेशियन (मलाई)
नीग्रो (कफरी) हों या यूरोपियन (बकरा)
किसी का यह अपना देश नहीं
पर सबका अपना
जैसे–अनाथों का नाथ
अनाथालय-सा यह देश
अरकाठी–मानव व्यापार के दलालों से
मवेशी की तरह लाये गए मानवों के
खून-पसीने से प्रकृति से रचा
दबे पाँव झरता है पतझर
वसन्त खिलता है वर्ष भर
विश्व की सुन्दर काष्ठ

लकड़ी और जंगल से बने देश में
लकड़ी का घर–जीवन-घर
हालैंडी मकानों के पैटर्न पर बने
अपने पाँव पर खड़े मकानों के भीतर
स्वतन्त्रता में रहते हुए
परतन्त्र संस्कृति में साँस लेते हैं प्रवासी-जन

मालवाहक जहाजों ने बसाई है
बहुराष्ट्रीय कम्पनियों की महँगी
कारजीवी सांस्कृतिक बस्ती
काँच की वातानुकूलित दुकानों और मकानों में
न सामान सुरक्षित न जीवन
रातोरात अमीर बन जाने का अलाउद्दीनी चिराग
ड्रग्स का धन्धा–धन कमाने का आसान नुस्खा
माफियाई हवेलियों के बाहर
ईश्वर की प्रतिमाएँ हैं रक्षा-कवच
भगवान को भोगने लगे हैं लोग
चोरी, हत्या और अपराध
सन्नाटे की अँधेरी रातों में जागता है
भूखी हथेलियों के भीतर

परियों के सपनों सा सुन्दर देश
अपनी आँखों से देखता है–
अपराध के वैभव में दमकता
हृदय-सा संवेदनशील देश
किसी भयानक दुर्घटना से बेख़बर
विध्वंस के कगार पर खड़ा सूरीनाम देश

कोला क्रेक नदी

पारामारिबो के
योहान आदोल्फ पैंगल ल्यूहाफ्त नाम के
ज़न्दरेई हवाई-अड्डे के निकट
बहती हुई नदी
पीती है—वृक्ष-पत्तों से कॉफी

कॉफी-वृक्ष के झरे हुए
पत्ते और बीज
डूबते और घुलते हैं—
नदी-देह में

पारामारिबो की
काफी पीती नदी का नाम
फिर भी—कोला क्रेक है

मल्टीनेशनल कम्पनियों का
वर्चस्ववाद
खिलाड़ियों के कपड़ों की छाती और बाँह से
धरती और प्रकृति की
रग-रग में लिखा है—

नदी के पानी में
घुले कॉफी के पत्तों वाली नदी
कॉफी-क्रेक न होकर
आज भी कोला-क्रेक* है।

---

* सूरीनाम हवाई अड्डे से 3 कि.मी. आगे कॉफी के पत्तों के पतझर से कोला के रंग वाली तीस कि.मी. लम्बी शान्त नदी। जिसके तट के एक कि.मी. पहले दुर्घटनाग्रस्त गान्देरेई स्थान पर विमान को समाधिस्थ कर स्मृति-स्वरूप स्मारक बनाया गया है। विमान दुर्घटना 6 जून, 1989 को हुई थी।

देश छोड़ने के बाद

देश छोड़ने के बाद
वह रहती है
अपने मन के देश में
स्वजनों के स्व से बने
स्वप्नों के देश में
उँगलियों में गिनते हुए दिन में
वह काटती है—अपने बढ़े हुए नाखून
चन्द्राकार कटे हुए नूह में
याद आता है उसे अपने चाँद का नेह

देश छोड़ने के बाद
अमावस्या की अँधियारी
पसर गई है—समय में
जहाँ आँसुओं से लिखती है—
पारदर्शी, उजले और भीगे शब्द

रातों की छाती पर
बिछोह की हिचकियों से सिहरे हुए
रखती हैं सहमते हिज्जे अकेलेपन के
और सारी रात जागकर सिसकियाँ
सूरीनामी तट की तेज़ समुद्री हवाओं को
सौंपती है—सन्तापी तूफान
और आँखें—
सितारों के आले में
रखती हैं 'प्यार के शब्द'

समय की कंघी से
उतर आए अपने केश को
भेजती है अपने पत्र में शब्दों के साथ
अकेलेपन की सिलवटों को

अरमानों के शब्दों में सहेज रखती है
देश छोड़ने के बाद
सूनी-थकी साँसों को सम्हालती है
प्रिय की दूरभाषी हृतउत्कंठी आवाज़ से
पीती है—तरल अमृत सुख

प्रिय का जिया हुआ दिवस
सुबह बनकर समाता है उसकी आँखों में
अपनी पहली चाय के समय
भारत में ढल रही साँझ की याद में
तैयारी करती है—साँझी सुनहरी चाय
सूरीनाम 'कोला क्रेक' नदी के पानी के रंग में
घुली मिलती है—नींबू की चाय पीती प्रिय की याद
शब्दों से 'चियर्स' कहकर सिसक पड़ती है फोन पर
जैसे—मन पृथ्वी के
दो गोलार्द्ध हो गए हों
एक-दूसरे को देखने-छूने को आकुल
एक तार में बँधे
दो तार हो गए हों दोनों
देश छोड़ने के बाद।

समय का हर्ष

वर्ष भर वर्षा का हर्ष
और वसन्त का सौन्दर्य जीनेवाली
श्रीरामनामी सूरीनामी धरती की
सुवासित स्वर्णगर्भी धरती पर चिह्नित है
चाँद के शुक्लपक्षीय यात्रा के
रुपहले चरण-चिह्न
चन्द्रमा के स्वप्नलोक का रुपहला पथ

पूर्णिमा की रातें
पूर्णता का पथ

ताप के सन्ताप को
सोखता है चाँद का अमृत
कसैले आँसुओं का विषैला दुख
भाग्य के चेहरे पर
लिपे हुए आँसुओं को
पीता है पूर्णिमा का चाँद

शय्या पर सोए
डरावने सपनों को
पोंछ ले जाता है
चाँद का आत्मीय स्पर्श

प्रवासी मन की
रिक्त हथेली में
चाँद रखता है–
चाँदनी का सिक्का
मन मुट्ठी के भीतर
चुम्बन की मोहर में
लिखता है–प्रिय का नाम
चाँद पोंछता है अँधियारी
सुनता है–उसाँसे
चाँद अपनी परिक्रमा में
देखने आता है मुझे
आकुल प्रिय की तरह
सारे बन्धनों को छोड़
सात समुद्र पार
आता है वह–आकाश मार्ग से
अपने सितारों से पूछता है–
मेरा हाल

पूर्णिमा की चमक से पोंछता है–
आँखों का गीला कालापन
जो हिलता रहता है–
आँखों के घर में
काले पर्दे की तरह
कि कोई हवा तक नहीं
आ पाती है–
सपनों का हिंडोला लेकर

बेसुध मन को
चाँद दुलारता है–
सलोने प्रिय की तरह
जो प्रिय के बिना
स्वप्न शय्या नहीं बिछा पाता है

चाँद की अनुपस्थिति में
सितारों की कटोरी में आँखें रखती हैं–
रंगीन सपनों की रोशनी का दमकता सुख

पूर्णिमा का चाँद
बनता है–प्रिय का पर्याय
चुपचाप
आकाश-गंगा में रचाता है
स्मृतियों की धवल स्वप्न-गंगा

अन्तरंग

नदी की लहर
हवाओं में साँस की कोशिश
मछलियों की तरह

नदी तट की देह-माटी में है
गर्भिणी-प्रसवा स्त्री के देह में जैसे
मातृत्व लहरियों के चिह्न

नदी
पहनती है—जल-वसन
हवाएँ
खेलती हैं—नदी के जल-वस्त्र से

सागर
प्रिय की तरह समेटता है
नदी का जल-वसन

निर्वसना नदी की
देह-माटी में मिली होती है
सागर की प्रणय-माटी
जिस पर उकेरी हुई
प्रकृति की प्राकृत भाषा

लिखती हैं—हवाएँ
प्रकृति में ऋतुएँ के नाम से
और साँसों में प्रणय के नाम से

हवाएँ
बीज में रोपती है—प्रेम
धड़कनों में गुनती है—स्वदेश-स्मृति

सूरीनामी वन
नहाता है—बरखा के आलिंगन में
पर्वत भोगते हैं—
वर्षा के भुजपाश का सुख

घन की सघन परछाईं
पृथ्वी को बचाती हैं–सूर्य-ताप से
तुम्हारी ही तरह

फॉयलॉबी

फॉयलॉबी–फूलों का राजा
प्रकृति का चिरंजीवी कुसुम
लातिन अमेरिकी देशों में वर्ष भर
खिलने-खेलनेवाला

भारत के अशोक-वृक्ष के
पुष्प-स्तबक का स्मृति प्रतीक
वसुधा का शिशु
पवन की अठखेलियों में जीता-हँसता
गुल्म का रंगीन मुकुट

सरनामी रेती पर
लाल, गुलाबी, पीले और सफेद रंग से
कोमल अल्पना रचाता है
'फॉयलॉबी' का अर्थ
'प्यार की आग'
पृथ्वी के प्रेम की आग का
प्रतीक-कुसुम
घर-घर में, आँगन से आँगन तक
पार्क हो या फुटपाथ
सौन्दर्य-पुष्प
अपनी काया में कटोरी-भर
सौन्दर्य की साँस छोड़ता
वसन्त-ऋतु अपनी पाँखुरी में पीता

सरनामी महोत्सवों का राजा–फॉयलॉबी
मन्दिरों में...चर्च में
भेदों से परे पुरोहित...भक्तों और पादरियों की हथेली में
विवाह-मंडप में
आकाश से...स्वर्ग-लोक से
पुष्प-वर्षा की तरह
झरता...बिखरा
कि आकाश में जैसे हैं–सितारे।

जन्मदिन की शुभकामना में
प्रकृति का प्रतिनिधि बनकर
पहुँचता है–फॉयलॉबी

हवन-यज्ञ-पूजन में
मन्दिर और वेदिका में
बैठता है–फॉयलॉबी
ईश्वराशीष की मनोहर मुद्रा में
विवाह अवसर पर
बरसता है–अतिथियों की मुट्ठियों से

जीवन भर
खिला रहता है–
लोगों के घर-बाहर
और कार्यालय में
हर्ष का रंग बने

मृत्यु पर
फॉयलॉबी ढकता है–मृत देह
कोमल वस्त्र बन
प्रकृति के पंचतत्त्वों में
विलीन होने से पहले
प्रकृति का प्रतिनिधि बन

फॉयलॉबी देता है–
प्रकृति का कोमलतम रेशमी स्पर्श
और जीवनारागु की अन्तिम लाली
कि याद आती है–कबीर की साखी
लाली तेरे लाल की, ज्यों देखूँ तित लाल
लाली देखन मैं गई, मैं भी हो गई लाल

माटी-बीच
धँसाई जाती हुई देह के साथ
समाधिस्थ होता है–फॉयलॉबी

नवजीवन की मात्रा के प्रस्थान-बिन्दु पर
जीवन समर्थक एकान्त में
अन्तिम मन्त्रोच्चार के निमित्त
श्रद्धांजलि के रूप में अर्पित पाखुरियाँ
भस्मीभूत होती हैं–
देह के पुनर्जीवन की प्रतीक्षा में

फॉयलॉबी–प्यार की आग
चिता की अग्नि बन
बनता है–जीवन की नवज्योति
मृत देह की अक्षय आत्मा के लिए
फॉयलॉबी...फॉयलॉबी

रेड बैली

प्यार का लाल पक्षी
फूल-सा कोमल और मुलायम
सेमल-सा रेशमी
चित्त-चितेरा

प्रिय का हृदय ही—नीड़
चक्कर लगाता है—नित्य
खोलो खिड़कियाँ
अपने चित्त के सिरहाने की
पक्षी की रक्षा में

समुद्र-पार उड़ान से
भारी है—पंख
निश्चय ही अलौकिक है—उसका प्रेम
समर्पित करता है—अपना सर्वस्व
प्रणय की प्रतीक्षा में
विरल प्रणय-पाखी का स्पर्श करते तुम
तुम्हारे ऊष्म और धड़कते वक्ष की
अनमोल कोशिश—एक
महाकोशिश
प्राणों में जैसे—महाप्राण
रेड-वैली पाखी

ब्राउंसबेर्ख झील

सूरीनाम सुन्दरी की
आँखों में है—
नीलम-घाटी की
सुनील झील
पारदर्शी और रूपवती

ब्राउंसबेर्ख झील में
नीलवर्णी आँखों का
नीलगर्भी सुख

झील में

सोया है–स्वर्ण-कुंड
प्रकृति सुन्दरी की
नीली-झीनी-भीनी-गीली
उढ़निया भीतर
वक्ष में सोया है–हेमकूट
स्वर्ण उपत्यकाएँ
ढूँढ़ने आती हैं जिसे–स्वर्ण-रश्मियाँ
और चन्द्र-किरणें

ब्राउंसबेर्ख की नीली झील
अपनी आँखों की नीलिमा में
छिपाए रखती है–धधकते स्वर्ण के
विलक्षण स्वर्ण अमृत-घट

ललचते हैं–पर्यटक
और खो जाना चाहते हैं–ब्राउंसबेर्ख की
नीलिमा के भीतर
लेकिन
कठिन है
बहुत कठिन है
बॉक्साईड पर बैठकर
स्वर्ण-नील घाटी के
सौन्दर्य को जीना
कैरेबियाई देशों की हरी-भरी धरती
बॉक्साईड की घनी
हरीतिमा के बीच
प्रकृति में बिछी है
स्वागत-लाल पट्टी
बॉक्साईड-पथ कि जैसे रेट कार्पेट

ब्राउंस बेर्ख
सूरीनाम की स्वर्णघाटी
अन्वेषक ब्राउंस की खोज स्वर्ण तलहटी

सोना-पानी

ब्राउंस की अन्तर्दृष्टि ने
पारखी की तरह
पृथ्वी की माटी में
धँसाई अपनी आँखें
और खनखोजे
धरती-प्रसुप्त
स्वर्ण-पिंड
कि सूरीनाम की
ब्राउंसबेर्ख की वादी में
गूँजती है
रफी की स्वर-लहरी–
मेरे देश की धरती सोना उगले
उगले हीरे-मोती–मेरे देश की धरती

भारतीयता की नागरिकता

सूरीनाम में हैं–भारतवंशी
कालिदास के आराध्य पुत्र वंशज
वाल्मीकि जिनके उपासक
तुलसीदास जिनके पूजक

भारतवंशियों ने सुदूर
रचा है–सूरीनाम (श्रीरामधाम)
धरती के वक्ष पर
लिखा है–अपना नाम
सूर्य ने अपनी प्रदक्षिणा में
दमकाया है–दस दिशाओं में
पृथ्वी के चहुँओर–सूरीनाम...सूरीनाम

धरती पर
फूलों ने सुगन्ध की भाषा में
लिखा है हवाओं में अनुराग-राग
पाँखुरियों ने रची है कोमलता
फलों से फला है—आत्मीयता का स्वाद

बादल
चारों पहर
नहलाते हैं सूरीनामी धरती को
और बनाते हैं
अलौकिक अनुष्ठान की
आराधना के निमित्त
पवित्र और पावन
दिव्य भूमि, क्लेश-रहित
चिड़ियों की चहक में है
वेद-मन्त्रोच्चार के गूढ़ रहस्य
भारत के स्मृति-चिह्नों की तरह
जीवन्त है पाखी
मेघ-पुत्र—कपोत
वृक्ष-सुत—तोता
फाख्ता का परिवार
रहता है सपरिवार
सूरीनामियों के साथ
यशगान में मस्त—
सूर्य की अगवानी करते हैं रोज
और चाँद के सपनों में
अपने बिस्तर बिछाते नित्य
अमावस्या की रातों के विरुद्ध

कर्मठ हथेलियों में पली सरनामी हिन्दी
पवित्र अँजुलि में बसी है
हृदय-प्रसूता हिन्दी

रचती है हृदय के भीतर
अपनेपन का हृदय।
हिन्दी की अनुजा, सहोदरा
सूरीनाम की गोद में
फैली है सरनामी हिन्दी
सारे फासलों से दूर
घुली-मिली
गंगा-यमुना के संगम-सी
सरनामियों के मन-प्रयाग में रचती
हर पल कुम्भ-महाकुम्भ
मिलन और आत्मीयता का महाकुम्भ

अनन्य राग

विदेश में
सूरीनाम के भारतवंशियों बीच
ढो लाई हूँ—भारत देश
अपनी मन-देह में
देश का मातृत्व प्रेम
देह-माटी में है—गंगा-माटी

स्मृतियों की अँजुलि में है
स्वदेशी बादल
समाहित है—मेघदूत
मेघदूत में—
कभी कालिदास
कभी नागार्जुन कवि

सूर्य के ज्योति-कलश में है
रघुवंश का 'तेज़-पुंज'

सूरीनाम के भारतवंशियों की भक्ति में
स्मरण आते हैं—कुमार गन्धर्व
जसराज
भीमसेन जोशी
कृष्ण की भक्ति में
पहुँचता है चित्त—वृन्दावन
राम की भक्ति में—चित्रकूट
शिव-शंकर के उपासकों बीच
हृदय पहुँचता है—काशी तीरे और उज्जैन

सूरीनाम में
बसे हुए भारत में
बसाती हूँ—मैं स्मृतियों का भारत
यहाँ के पुरखों में
आत्मा लखती है अपने पुरखे

त्वा-त्वा पाखी

सूर्य सहचरी
सूरजमुखी
धूप में पली
फूलों में खिली
सूरीनामी वसुन्धरा
सागर तरंगों से
संवादरत रहती है—
पवन के धागे—सागर लहरियों में
पिरोते हैं जीवन-उमंग की बातें

मेघ मित्रता का
पान करती हैं कई पहर

सबाना माटी की शंख और सीपियाँ
बादल सोने नहीं देते हैं
अंकशायिनी धरती की शान्ति को

सूर्यवंशी वंशधरों की
भक्ति का भारतीय अतिरेक
मानता है—श्रीराम-धाम
क्रीचबी पक्षी की चहक में
सुनते हैं—अमेरिकनी शब्द-गूँज
कीप दी चेंज

सप्तसिन्धुओं—सूरीनाम, कमोबेना
सरमका, नाइकेरी, मारोवेना, कोपानामा, कोरन्तेन से
सींची सूरीनाम देश की
काया पली-बढ़ी-बनी।
अन्तरिक्ष के सप्तर्षि तारों की
सप्त ऋषिपत्नियों-सी—सप्त सरिताएँ
देश की अमृत सुताएँ प्राणवत्सला

लातिन अमेरिका का
शीश सूरीनाम
गंगा-सी शोभती नदी सूरीनाम
आकाशचारी पक्षियों की गूँज में
वसुधा की ममता का गान

त्वा-त्वा पक्षी के मूल्यवान कंठ में
सप्त स्वरों का उन्मादक सन्धान
व्हाइट हाउस की आँख-सामने
नदी-तट की घास ज़मीन पर
विश्व के कई देशों की ध्वजा तले
पिंजड़े के बाशिन्दे
गायक पक्षियों की कैद में हैं

पक्षियों का प्रकृति गान
सुमित्रानन्दन पन्त कवि की
'प्रथम रश्मि का आना
रंगनि तूने कैसे पहचाना'

रविवार की अजोर भोर
सूर्यरश्मियों की दस्तकी धुन में
गायक पक्षी
पिंजड़ों की पीड़ा में ठसे
गुलामी की मार-दाह में दहकते
गम दबाकर गाते हैं–
मालिकों के मनमाफिक
कई भाषाओं के जन्म-जन्मान्तरी गीत
तरन्नुम और लय में गुनगुनाते-गाते
व्हाइट-हाउस की सत्ता के विरुद्ध
मानवीय दासता के परे जाकर
प्रकृति का राग अलापते

स्वर्णगर्भी सूरीनाम देश में
खदानी मजदूरों के साथ
रहने और सोना चुरानेवाले
स्वर्णपाखी–पोयसी
आभूषण प्रेमी स्त्रियों के कंठ का
कंठहारी लॉकेट
आकृति में विशाल
प्रकृति से स्वर्णजीवी
स्वर्ण का भूखा–पोयसी
अन्य पक्षियों के हिस्से का सोना
अपनी हिस्सेदारी में सकेलता
सूरीनामी हवाई रास्तों को तय करता
विमानी पहचान-प्रतीक
उड़ान को आतुर पक्षी की छवि लिये

सूरीनामी एअरवेस
अनेकानेक देशों से लाता और ले जाता
सूरीनामवासियों के हृदय का प्रतीक–पक्षी
और पक्षियों का प्रतीक–त्वा-त्वा और पोयसी पाखी
धरती पर घूम-घूम
प्रकृति के बीच
हवाओं में झूम-झूम
टी.वी. और कम्प्यूटर से
दिल्लगी में लगी आँख लड़ी आँखों
चटनी और बैठक गानों की धुन के
रसिक कानों से कहती हैं–
तड़प-तड़प
स्क्रीन के रंगीन सौन्दर्य से
कहीं अधिक सौन्दर्य
पृथ्वी के किसी भी कोने में
यहाँ तक कि चिड़िया के घोंसले में
आकाश की दुनिया में
धरती के जंगल में

पुरखों का स्मृति-सुख

प्रवासी मन
पृथ्वी के दूसरे छोर पर
सूरीनाम में
पश्चिमी क्षितिज से पीठ टिका
स्मृतियों के वक्ष से लगकर
अन्तरिक्ष से तोड़ता है–तारे

ध्रुवतारा खोजते-देखते
बालमन

खो जाता था–भविष्य के
स्वप्निल आलोक में
ज्योतिषाचार्य बाबा की गोद में।

नाना दिखाते थे–
सप्तर्षि तारे
और रखते थे नाम
पुरखों की याद में

नानी की सीख में थी–
निर्भयता की भाषा
निष्ठा का महामन्त्र
आस्था का गुर
समर्पण का सुख
लगन की अगन

सूरीनाम के सन्तापी प्रवास में
भारतवंशियों की स्मृति कथाओं में
बस जाती है अपने नाना-नानी और
आजा-आजी का स्मृति-सुख

सूरीनाम के सप्तर्षि तारों में है–
शैशव की स्मृतिमूलक चमक
आँखें जिन्हें पहचान लेती हैं–सात समुद्र पार भी

सेन्सी

'सेन्सी'
दुनिया के लिए
एक 'गाइड' का नाम हो सकता है

जो घुमाता है–जंगल-दर-जंगल
नदी-दर-नदी
पहाड़-दर-पहाड़
पर्यटकों का चरवाहा
जिसके भीतर
आदमियत तैर रही है
दक्ष तैराक की तरह

पच्चीस वर्षीय
काला नौजवान
आवारादम की पहाड़ियों से
तराशकर
बना हो जैसे।
हमवादियों की तरह
अपनी माशूका को छोड़
पर्यटकी युगलों का
साक्षात्कार करवाता है–
जंगल-दर-जंगल
पेड़ों के बीच 'हैमक' पालना
बाँधते हुए

जिज्ञासाओं में से
खोजता है–जिज्ञासा
जैसे कपास से काता जाता है–सूत
'पालिम्यू' वन देवी का
मानस पुत्र है–सेन्सी

'सेन्सी' की छाती
जंगलों की छाती से लग-लगकर
चौड़ी हुई है
मिनरल वाटर और बियर पीनेवाले
धन-दौलत से अघाए

'डॉलर' उगाहू जादूगरों के साथ
स्वयं
नदियों और झरनों से
अपनी अँजुलि और कंठ भरता
कि प्यासी थैली की
रिक्तता को तृप्त करता है

नदी का प्यार पीता
जंगल का खुमार जीता
स्टीमरी नाव से
थकान पगे घुमन्तुओं को
घुमाता है—अपनी स्फूर्ति से
गूँथ-गूँथकर

सूर्योदय से सूर्यास्त बाद तक
अमावस्या की काली रातों
और चाँदनी नहाती
नदी के मौन-सुख को भी
जी लेना चाहता है—
अपनी आँखों से
पर्यटकों के शोर-गुल के बीच

यायावरी की गर्मजोशी में
दारूसोखी धड़कनों में
जगाए रखता है—प्रकृति-प्रेम

सूरीनाम की
शोख वर्षा भीगी वासन्ती
जलवायु ने
रचा है—सेन्सी को
प्रकृति की पाठशाला में
सीखा है उसने

जीने-जिलाने का सबक
जैसे प्रकृति जीती है–
देने की संस्कृति
त्याग में पाने का सुख
समर्पण में अर्जन का आह्लाद

अमर इंडियन की भाषा से लेकर
आधुनिक देशों की कई भाषाओं का पारखी
कलापूर्ण ढंग से डच, स्पेनिश, अंग्रेजी, फ्रेंच, जर्मन में
जंगल के रोमांच रहस्य खोलता
नदियों के सौन्दर्य
और पक्षियों के निनाद को
अपने शब्दों में समेटता हुआ
'सेन्सी'
अपनी आँखों से
घुमाता है–घुमन्तुओं की आँखें
और पाँव से चलाता है–
यायावरों के पाँव
अपने मुँह से चखकर
चखवाता है–
जंगली वनस्पतियों का स्वाद

'सेन्सी'
पहचानता है 'जंगल'
जंगल चीन्हता है
अपने जाए 'पुत्र' की तरह
दोनों के बीच है
खून का रिश्ता
पीढ़ियों से

जंगल ने रचे हैं–
सेन्सी के पूर्वज

और पूर्वजों के हाड़-मांस से
बना है—सेन्सी
उनकी हैं—अन्तरात्मा और मनात्मा की तरह
'सेन्सी'
जंगल की परछाईं
लहरों की ध्वनियों से बना
मानव-तन है।

पानी-सा तरल पारदर्शी
वन जिजीविषा से भरपूर
अपने मौन में
चिड़ियों का कलरव
याद करता है—चुपचाप
और माशूका की याद से
पुलक उठता है।

काली पहाड़ी-सा सेन्सी
जागता है—
पक्षी बोलने से पहले
सेन्सी के
धरती पर पाँव रखने की
पदचाप सुन
जागती हैं—पहली चिड़िया
भोर की अँजोर के लिए

रात में
अन्तिम पाखी
और अपने इलाके के
आखिरी जानवर की
आँखों में नींद भर जाने के बाद
'सेन्सी' सोता है—अपनी नींद
अपनी तरह से

और जीता है–जंगल
सपनों में भी
मछली पकड़ने के लिए
जाना पड़ता है–कँटिया लेकर
जिसका समय भी
उसकी उजली हथेली में
कभी-कभी चमकता है।

'सेन्सी'
अपनी साँसों में
जीता है–जंगल
जंगल बचाए रखने के लिए

सिशिल

सिशिल
ज़मीन में जड़ें फेंके हुए
हस्तलिपि बनाते हुए वृक्ष के तने का एक नाम है।

शिल्पी उँगलियों की तराश से
जन्म लेता है–
वृक्ष-तने के भीतर से
न जाने कितना सामान
प्रकृति के प्रतीक को
अपना कंठहार बनाए हुए
आफरो वुडैन क्राफ्टियन कल्चर की देवी–सिशिल

वृक्ष के तने की तरह तनी हुई
रेशे-रेशे की तरह मुलायम
काष्ठाग्नि प्रज्वलित है–

जीवनोन्मुखी जिजीविषा की पर्तों में

जंगल बीच
कलावृक्ष-सी अड़ी-खड़ी
बरसात में बरखा को पीती
समुद्र के सौन्दर्य की सरल हार्दिकता की
सम्पत्ति को जीती
वह जानती है–
ग्रीन-हार्ट या महोगनी जैसे
गठीले वृक्ष की जलविरोधी दीर्घजीविता
(ग्रीन हार्ट की लकड़ी नहीं गलती है पानी में)
किसी पत्थर या लौह के स्तम्भ की तरह
जलधार बीच खड़ी
सभ्यता-पथ-सेतु सँभाले
लकड़ी पर कला को उभारनेवाली सिशिल
जानती है–काष्ठ का वक्ष
वक्ष का स्वप्न
स्वप्न की आकांक्षा
आकांक्षा में प्रिय के लिए स्वप्न।

सूखी लकड़ी की देह में
सिशिल जीती और उकेरती है
संसार की कला का सौभाग्य-सुख
ऋतुओं में कालिदास का ऋतुसंहार
इन्द्र का ऐन्द्रिक जाल
और प्रकृति का मादक वसन्त
ग्रीन हार्ट–पूरा वृक्ष
जबकि–एक दिन में जीता है–वसन्त

मानव देह में प्रवेश हुई
मृत देह की पापात्मा की छाया को
आँखों से सूँघती हुई

अपनी साँसों से झाड़ फेंकती है–
कि जैसे मानवीय काया के वृक्ष तने में
लगा हुआ कीड़ा हो वह
पुण्यात्मा के प्रताप का पुष्प-फल
जिसे फलने से पहले ही नष्ट कर देती है–पापात्मा
जंगल के वृक्षों के हित में लगी
गाँव के भीतर मानव के अन्दर
नीग्रो संस्कृति के वृक्ष लगाती
कि भावी पीढ़ी–
वृक्षों के तने से बना सके
आफरो संस्कृति को विश्व-संस्कृति
स्वप्नों को शब्दों में
और शब्द के अर्थ को
काष्ठ की देह में
कलाकृतियों के बहाने से

सादे–मोर्निंग पेपर की तरह
हर एक की हथेली के नीचे
पहुँच जाती हैं–उसकी आँखें
जिस पर कोई भी
अपनी स्वप्नगाथा लिख दे–
जिसे वह
'काराबासी' की कलाकृति का नमूना बना ले।

कवि माइकल स्लोरी

माइकल स्लोरी
सूरीनाम की धरती का
चलता-फिरता मानव-बोक्साईड
जिसके शब्द

स्वर्णगर्भी धरती के
भूगर्भ से निकले–खरा सोना

बोक्साईड और सोने की तरह
खरे हैं–माइकल स्लोरी
भूमध्यरेखीय सूर्य-ताप की स्वर्ण-सुरा को
घुमन्तू माइकल की खोपड़ी
पीती है–दिन-दोपहरी

वर्षाधिक प्राचीन
धूप से झुलसते
वृक्षों की छाया-तले
नहीं आराम करते हैं–माइकल
शब्द उन्हें चलाते रहते हैं
शब्द-सखा सहचर हैं–माइकल स्लोरी

चिड़ियों की ध्वनि-गूँज से
अपनी कविता के रचते हैं–शब्द
कभी जिसमें मन-भीतर की चीख़
कभी अन्तस का उल्लास
खदानी मजदूरों की तरह
लातिन अमेरिकी उपमहाद्वीप के
बहुदेशीय मानव-मन की खदानों से
खनते हैं–अपनी कविताएँ

देश के डच-भाषी–
'दे वारे तेत' अख़बार में
प्रति सप्ताह होता है–
उनके मन की आँखों का
जीवन्त दस्तावेज़

पाँवचारी करते हुए

माइकल जोड़े रखते हैं–
अपनी देह-माटी को
सूरीनाम की सबानाई माटी से

अन्तर्दृष्टि की जड़ें फेंक
धरती पर
उगाए रखना चाहते हैं
मानवीय मूल्यों के लिए
मानव-वृक्ष
सूरीनामी जनजीवन का वंश-वृक्ष

विज्ञापनी लिफाफे के
भीतरिया रिक्त हिस्से की
सूनेपन की पुकार
जैसे सुनते हैं–माइकल
अपनी हस्तलिपि में लिखते हैं–
जन-मन की हार्दिक भाषा
ख़ीचबी पक्षी के लिए
शब्द हैं–उनके पास
जैसे अख़बार में कहने के लिए–अपनी बात
कोरे और ताजे शब्द
प्रतिदिन के सूर्य की धूप की तरह
या नई खुदी खदान की तरह

एक्वेरियम के बहाने से

नियामत अली
सूरीनाम के अढ़तिया बहेलिया
सुन्दर तोते, चिड़ियों
और समुद्री मत्स्य सुन्दरियों के व्यापारी

दुकानों के एक्वेरियम प्रतीक
दुकान-भीतर न जाने–
कितने नए-पुराने एक्वेरियम के भीतर
पड़ी हैं मछलियाँ–अतीत के स्वप्नजीवी समय के साथ
काँच के हाथ भर के मछली घर में लेती हैं साँस
कि समुद्री तूफान
बहा ले जाए दुकान
टूट जाए काँच की दीवारें
और जमीन-आकाश
उन्हें मिल जाए तरंगों का हाथ
और लहरों का साथ
कि नदी के साथ खेलती हुई
पहुँच जाएँ समुद्र के वक्षाँगन में

कई मारक मछलियाँ
सौन्दर्य से मुलायम
रंगत में और रेशमी मरमराहट
वह पीनारा मछली हो या मार्बल एंजेल
सबकी भूख और गुस्से को जानते हैं
नियामत अली–
एक्वेरियम की बड़ी मछली
नहीं निगलती है छोटी मछली को
परिवार का हिस्सा बन चुकी होती हैं सब

वर्षों के
एक्वेरियम के भीतर
आती और जाती रहती हैं
न जाने कितनी मछलियाँ
इस काँच-घर से,
उस काँच-घर में
इस जल से
उस जल में

नियामत के हाथों
उन्हें मिलती है–कयामत

नियामत जानते हैं अपना कसूर
मछलियों से समुद्र
और चिड़ियों से उनका आकाश
छीनने का दर्द
आखिर उनके पुरखे भी
गोरे हालैंडी बहेलियों के हाथों
खींच लाए गए थे
सात समुद्र सुदूर भारत से
लातिन अमेरिका के उपमहाद्वीप में
दुर्गमनीय जंगलों के बीच
सूरीनाम बनाम 'श्रीरामधाम' में
जीवन का मुक्त-सुख आलाप गाने के लिए

सन् 1873 ई. से 1975 तक
भारतवंशियों के लिए
सूरीनाम पिंजरा था–
आँसू का करुण राग
कंठ से रिसता था
आनन्द का महाराग नहीं

हालैंड और इंग्लैंड के
मानव-व्यापारियों, सत्ताधारियों ने,
अट्ठारहवीं, उन्नीसवीं शताब्दियों में
भू-स्वर्ग से द्वीपों को स्वर्ण पिंजर में तब्दील कर
मानव पाखियों के श्रम से
उगाई–पूँजी की सुनहरी फसल
और रचे–कैद के आकर्षक पिंजरे
जिनके बाहर रहकर
पिंजरे के भीतर का दुख

नहीं जाना जा सकता है।

वसुधा के हृदय-पिंड
समुद्री द्वीपों को
बनाया 'मानवी क्वेरियम'
और स्वर्ण-पिंजरा
सूरीनाम, ट्रिनीडाड और टबैको
फिजी, गयाना और मॉरीशस के
सत्ताधारियों के स्वर्णपिंजरों में
बहा-बहाकर–लाल-पसीना
गाते रहे–सीताराम-सीताराम
गुलामी की नदी में
बहाते रहे खून
कभी धर्म के नाम पर
कभी पेट की खातिर
अपनी मातृभूमि से बिछड़कर
अपने स्वजनों से विलगकर
तड़पते रहे–अपनी ही छाती के भीतर
भारत की याद से भरकर

धर्म-रक्षक

धर्म को बचानेवाले
धर्म बेचते हैं।
व्यासपीठ पर
खुद को बिठा
ईश्वर के बराबर
बैठते हैं।

मन्दिरों में–मूर्तियों में

बचे हुए ईश्वर
चुपचाप सुनते हैं—
अपने ऊपर कहे गए प्रवचन

तुलसी और कबीर
मीरा और सूर ने
लगाया भगवान में जीवन
धर्म की
की कर्मपूर्ण आराध्य उपासना
भगवान में
भगवान के आशीष के लिए
जीवनभर रहे दास
अपने इष्ट अपने ईश के लिए
सोते-जागते रचते हैं—कंठ से
भक्ति-गान

पातंजलि के भक्ति सूत्र स्रोत को
गंगोत्री स्त्रोत मान
पीते-पिलाते रहे भक्ति पद-गान
भक्तों के बीच बैठे
भक्त बनकर
ईश्वर के चरण-समक्ष
आँख मींच
अस्तित्व भींच
भूल गए स्व को
सिर्फ याद रहे ईश
बने जीवन के मीत
आँखों में भगवान
कि नेत्र भए विशाल
दुनिया समा गई जिसमें
ब्रह्म शब्द से कान में
ब्रह्मांड समा गया

ईश्वर में लीन वाणी ने
चित्त को बनाया
उपासना की साधना-स्थली
कि देह—
ईश्वराधना में
वाद्य-यन्त्र-सी बजने लगती थी
हथेली की थाप से
घुटने
ढोलकिया से बजने लगते थे
और हृदय—तानपुरा-सा
कि संगीत के सात स्वर
बन गए भक्ति के सात स्रोत

विदेश में बसे
भारतवंशी आप्रवासी पंडित
कबीर और सूर
तुलसी और मीरा के ईश की
पग-तल की जगह
बैठने लगे—भगवान के बराबर
भगवान बनकर
उनकी आँखों के सामने
अब कहाँ भगवान
भगवान तो उनका बगलगीर
चुप रहनेवाली
सिर्फ पाषाण-मित्रमूर्ति

विदेशों के मन्दिरों में
पंडितों के सामने
होते हैं—भक्त
जिनका वह होता है—भगवान
विदेशों में ईश्वर
पंडितों की अधज्ञानी वाणी की कठपुतली

और धर्म-शास्त्र
सिर्फ भक्तों की साधना का पथ
पंडित साधना के ताप से परे
अर्थसिद्धि में लगे
अस्तित्व में स्वयं को
ईश्वर को निर्माणकर्ता माने हुए
विधि के विधाता बने बैठे
व्यास-पीठ से उच्चारते हैं–
कलयुग में–
अहम् ब्रह्मास्मि
'त्याग' भोग के त्याग का
रास्ता बतानेवाले भोगी
त्याग के ढोंगी
भक्तों की शक्ति और भक्ति का भी
भोग करनेवाले पंडित
भक्तों की श्रद्धा और प्रेम की
गंगा-यमुना में
गोता लगाते हैं–अपने अहंकार के

गुरु से अधिक
भक्त से भी अधिक
और भक्ति के दास से भी अधिक
मानव-तनधारी
भगवान बने हुए हैं पंडित
जबकि
धर्म में
अवतारी भगवान भी
मनुष्य रहे जब तक
कष्ट सहते रहे
जीवन में जीते रहे
जीवन के दुख
भगवान के होते हुए भी

मानवों के बीच
बनते रहे शक्ति
अपने भक्तों की
राम बने शक्ति हनुमान की
कृष्ण बने शक्ति अर्जुन की
शिव बने शक्ति दुर्गा की
दुर्गा हुई शक्ति शिव की

धर्म की साधना की
भगवान की भक्ति के पथ से दूर
पंडित, विदेशों में
भगवान से अधिक
अपने आत्म के पुजारी हैं
कलियुग के
प्रथम–विपथगामी
धर्म के पुरस्कर्ता से अधिक
धर्म पर प्रश्नचिह्न बने
कि
जो दुनिया के लिए पाप है
वह पंडितों के लिए
पाप क्यों नहीं ?
जैसे–
पुलिसवालों के
कुकृत्य अपराध क्यों नहीं।

लहरों के शब्द

पारामारिबो के
सूरीनाम तट पर
गंगा-तट स्पर्श करता है

आँखों के गीले तलवे

गांगेय माटी से बने तन को
सींचती है सूरीनाम नदी
गाती है अपनी लहरियों में
गंगा की लोरी
और सुला देती है मन को
शीतल हवाओं के सुख पालने में

नदी के पास जाकर
मैं ख़ामोश हो जाती हूँ
नदी की तरह
एक नदी
समाने लगती है
मेरी नदी में
नदी के पास कुछ भी हों
पर सब नदियाँ एक-सी हैं
तट को सींचने के लिए
चुपचाप बहतीं
अँजुली में समा जातीं
अमृत सुताओं की तरह

सूरीनाग-तट पर
याद आता है भारत का भारतीय तट
निर्विवाद निर्विकल्प
मन में नदी बनी आत्मीयता
बहती है अपनापन बनकर
मननीरा
सदानीरा
पृथ्वी की सभी नदियाँ
सदावीरा
मन के एकान्त कोने में

अपनेपन का संसार रचातीं
ध्वनित तरंगों से अध्वनित
जीवन-राग अलापतीं

सूरीनामी नदी
गाती है नित्य गीत
प्रतीक्षा-गीत
आकुलता के व्याकुल लोकगीत

सूरीनामी लहरें
मन आँचर के खूँट को
थामकर ज़िदआती हैं मुझसे
पूछती हैं—अपनी गंगा के क़िस्से

गंगा के बिछोह का दुख
सूरीनामी नदी कैसे सुन सकेगी ?
नदी क्या कभी
अपने दुख पी पाती है
वह तो बस ! सूख जाती है
रेत-नदी बन जाती है
तट पर लिखी होती है—सूखने की व्यथा
और न कह पाने की मौन कथा

बच्चों के सपनों के लिए

बच्चों के बड़े होते ही
खिलौने छोटे हो जाते हैं
माँ खिलौनों को
सहेज-सहेज रखती है
बच्चों के विदेश जाने पर

उनके छूटे हुए बचपन को
फिर-फिर छूने की अभिलाषा में

बच्चे जान जाते हैं जैसे ही
खिलौनों के खेल में
छुपे जीवन के झूठ को
घर-बाहर हो जाते हैं
जीवन के सच की तलाश में

माँ ढूँढ़ती रहती है
खिलौनों में छिपी उनकी उँगलियों को
अपने बच्चों के मुँह में लगाए गए
खिलौने को चूमती है
विदेश पढ़ने गए बच्चे के
बिछोह को भूलने के लिए

खिलौनों में बची हुई
बच्चों की स्मृतियों को
छू-छूकर वह कम करती है
अपनी स्मृतियों की पीड़ा
अपनी यादों में रखती है वह
अपने बच्चों के खिलौने
और खिलौनों में रखती वह
अपना ममतालु तृषित स्पर्श
वह सोचकर कि
आख़िर उसकी ही तरह
खिलौने भी याद करते हैं उसके बच्चों को

पुरानी तिपहिया साइकिल को भी
कभी खड़ा कर देती है सूने बगीचे में
और याद करती है, बच्चों के पाँव
जो अब मिलिट्री की परेड में हैं

या वायुयान की उड़ान में
या अपने देश की सुरक्षा में
या देशवासियों की सेवा में

अपनी बूढ़ी आँखों से
आशीषती है अपने बच्चों की
आँखों की नई स्वप्निल दुनिया को
कभी जिसे
गुलामी के ज़हरीले आँसू न पीने पड़े
अभी भी बचपन में गाई गई
तुलसी की चौपाई को
ई-मेल में लिख पठाती है
रामचरितमानस ही नहीं
जीवन का सार भी–
"पराधीन सपनेहुँ सुख नाहीं"
और
"जेहि के जेहि पर सत्य सनेहू
सो तेहि मिलहिं न कछु सन्देहू"

बच्चे
खिलौनों के जानवर को छोड़
निकल पड़ते हैं
आदमी के भीतर छुपे
हिंसक जानवरों के विरुद्ध
जंग जीतने के लिए।

बच्चे
खिलौनों की कार और जहाज़ को छोड़
निकल जाते हैं
हवाई जहाज़ में
एक नई ज़िन्दगी की तलाश में
जो उनके माँ-बाप की दुनिया से बेहतर हो

जिसे कभी
बचपन में पिता की छाती से लगाकर
धड़कनों में सुना था
कभी माँ की आँखों के झूले में
सपनों की तरह देखा था।

प्रवासी बच्चों के नाम : माँ की साँसें

अपने शिशु को
भविष्य के लिए
वर्तमान में
छात्रावास में रोप दिया है
जैसे वह हो–किसान का धान
और फसल

अपने वक्ष का वर्तमान
भविष्य को सौंप दिया है
चेहरे की दोनों आँखों को
अपने से बाहर कर दिया हो जैसे

शिशु के मुलायम गाल को
बगैर अपनी छाती से लगाए
वह सारी रात जागती है–
अँधेरे में।
आँसुओं से लिखती है–लोरी
अपने वक्ष पर बच्चों के नाम।

आह से...उसाँसों से
सन्नाटे में बोती है–
ममता के बीज-शब्द

चुप-चुप पीती है अपनी हूक
छाती में उमड़ती
शिशु-प्रेम की उमस को
अपना पेट पकड़-पकड़
धैर्य पकड़ती है।
और बेचैनी को देती है दिलासा

वात्सल्य के नए शब्द
अपनी उमड़ती छाती की धूप से
लिखती है—चमकते शब्द
अपनी आँखों के तारों को
उजाले की गोद में
भरने के लिए।
जाड़े में
रजाई के भीतर भी
ठिठुरती है—उसकी छाती
प्रकाश के बावजूद
जीती है—चतुर्दिक
सहमा अँधेरा
और काँपता हुआ समय
बेदम

अपनी कोख की उपज को
भविष्य बनाने के नाम पर
अपने ही देहांश से
अलगाकर
रहती है विकलांग और अनाथ

बच्चों का पिता
न ही बन पाता है—
उसके सिसकते वक्ष का
सुकोमल सहचर

अपने अर्द्धांश में भी
नहीं खोज पाती है–ठौर-पड़ाव

शिशु की अनुपस्थिति की
तड़प भरी विकल बेचैनी
और रुलाई को
रोके रहती है–अपनी ही साँसों में
अपने आँसू को
अपने ही भीतर कहीं–

अपनी सन्तानों के
पिता के चेहरे में
खोजती है–
अपने बच्चों के नयन-नक्श
उन आँखों में
आँज देना चाहती है
अपनी आँखों की
वत्सला-पीर

शिशु-कपोल
चूमने को अकुलाए
अपने अधरों को
उँगलियों की
मसलन से मिटा देती है

भविष्य के नाम पर
बच्चों को बोर्डिंग-स्कूल भेज दिया है
जीते-जी
अपनी छाती की कोख को
सूनेपन से भर दिया है–

नाभिनाल छेदन के बाद

नयन-नेह-नाल उद्भेदन से
घायल हैं–आँखें
बच्चों के वनवास का दुख
माँ बनते ही जाना है उसने

समय की नदी में
नयन-दीप बहाए हैं उसने

हिमालय शिखर हैं
उसके शिशु
जिनसे ओझल भर होने से
सूख गई गंगोत्री

अपने भीतर
सूखी गंगा लिये हुए
तड़प रही है
हर दिन वह
प्रसव-पीड़ा में जी रही है
उसकी आँखों में
उसका समय मर गया है

बच्चों से सूने घर को
अपने आँसुओं से भरती है
अबाबिल चिड़िया 'माँ' की तरह
सूने आकाश में मँडराती
अपनी ही साँसों से भरती है–
अपनी सूनी छाती।

2

आकाश में
बादलों को देखते ही
माँ की साँसें छतरी लेकर

दौड़ती हैं–अपनी सन्तान की खातिर

जाड़ा आते ही
सूर्य-रश्मि के धागों से
बुनती है–स्वेटर

गरमी के पाँव धरते ही
माँ का आँचल
बच्चे की ओर
लहराता भागता है

हवाओं के पंखों पर
अपनी साँसें बैठाकर
माँ की धड़कनें रक्षामन्त्र पढ़ आती हैं

सपने में
चौंक-चौंककर
जाग उठती है
कभी गले के लिए मफलर
और पाँव के लिए मोजे लेकर
खोजने लगती है–अपने बच्चे
अपने अगल-बगल या पति के चतुर्दिक
बच्चे की नज़र उतारने के लिए
रोज जलाए रखती है–दीपक

अपनी ही साँसों में बसी
शिशुओं की स्मृति-गन्ध को
चूमती है अपनी साँसों से
और सँभालकर रखती है–
अनबूझे स्वप्न

मन के घर से बेघर

बच्चों के बगैर–माँ
समय की पगडंडी पर
बैठी है–प्रतीक्षारत

नन्हे पाँव
कब कदम बनकर,
कोमल हथेली
कब हाथ बनकर,
मासूम आँखें
कब समझदार होकर लौटेंगी।

माँ के माथे के सपनों को
कब उसका बच्चा सूँघने के लिए
आदमी बनकर आएगा।

'माँ' के रक्त-मांस का ज्योतिर्पिंड
कब नक्षत्र बनकर उदित होगा
सारी रात
अन्तरिक्ष निहारती है–
अपने नक्षत्रों के लिए
स्वप्न में
अटल ठिया खोजती हुई

पहला घर

अजन्मे शिशु
जन्म लिया है तुमने
देह-कोख में नहीं
मन के सुकोमल, स्वप्निल सरल गर्भ में
अनुभूतियों की दुग्धनलिकाओं में

उतरने लगा है दूध तुम्हारे लिए

धरती पर
ललाये मुलायम तलवे
रखने से पहले
अपने पसीने से सींची जमीन तुम्हारे लिए
हासिल कर लेना चाहती हूँ मैं
नौ माह से अधिक
चाहकर भी
मेरी कोख की जमीन–नरम और ममतालु
तुम्हें नहीं होगी नसीब
मैं लोप रखना चाहती हूँ ममता से
तुम्हारे खेलने का चबूतरा
पंचायत के झगड़ों को बुहारकर
नर्सिंग होम के बहाने
कमाऊ डॉक्टरों से बचाए रखना चाहती हूँ
अपनी कोख–तुम्हारा पहला घर
मैं रच रखना चाहती हूँ
तुम्हारी शक्ति के शब्द
तुम्हारे जन्म से पहले

मैं टोह सकूँ
तुम्हारे होनेवाले पिता के मन-भीतर
अपने लिए समर्पित प्रेम
तुम्हें धारण करूँगी तब
ईश्वरीय आशीषाभूषण की तरह
तुम्हारे नवांकुरित कानों में
कहेंगी मेरी धमनियाँ–
ममता और आस्था के नए बीज शब्द
ईश्वर के बाद
सृजन करती है सिर्फ स्त्री और प्रकृति
'माँ' बनकर

ममता से भरकर
आदमी जिसे मात्र
मादा समझता है या भोग्या
उसकी कोख में घर करके
गढ़ते ही उसका नया वजूद तुम
'माँ' पुकारकर, करते हो धन्य
स्त्री-देह का कोमल जादू
जादुई यथार्थ की मुलायम आकृति हो
अजन्मे शिशु

गिलास भर पानी की देरी पर
तमकता है जो हिंसक जानवर-सा
नहीं धुलते कपड़े
या थाली में नहीं जुट पाती उसकी रुचि
उलट देता है थाली चेहरे पर
औरत की देह
आदमी-देह के लिए सुस्वादु व्यंजन
देह-उघारू भोग्या स्त्रियाँ
'माँ' विरोधी फैशन परस्त
अजन्मे शिशु तेरी शत्रु
आदमियों की वासना का महामांस भोज वे
मात्र पौरुष के हिंसक अहंकार से बना पुरुष
तुम्हारे अवतार से पहले
'मातृभूमि' और 'माँ' की जरूरत तो समझ ले
अमानुष को बना ले पहले मानुष
कहला सको तुम सच्चे मानूसेर सन्तान।

आतशी शीशे जैसी जलनकारी आँखों से
देह-घर चमकाने का नाटक रचते
देह जलाते लोगों से
निकाल लूँ आँसू पीती पृथ्वी को–
बच्चों की मुलायम उँगलियों से बने-सजे

कालीन बिछे होटलों में चलते हैं जो
विदेशी जूतों और घड़ी की शान में सने
बच्चों के सपनों को
बनाते हैं अपने कोट के बटन
उनकी मुट्ठी में रखते हैं घुटन
और खुद बने रहते हैं/गुलाबी और संवेदनशील
बचपन बचाने का दम भरनेवाले भी
नहीं पालपोस पाते हैं शिशु
और न ही साध पाते हैं/उसका किलकता बचपन
शिशु की अठखेलियाँ और कलरव
उनका समय खाते हैं
क्रेच में बच्चे डाल वे ही
विश्व भर में करते हैं यात्राएँ
यश का तमगा लटकाए
पुरस्कार बटोरे
दूधिया हँसी को ओठों पर लपेटे
टी.वी. पर साक्षात्कार देते नहीं अघाते अखबारों में
बचपन बचाने के खाते में डला अपना नाम देख आँख सेंक
बचपन बचाओ आन्दोलन वाले
कनिया में बगैर एक भी बच्चा खिलाए
दुनियाभर के बच्चों का बचपन बचाते हैं–
फोटो में...
फाइलों में...
हवाई यात्राओं से...

यहाँ सब खाने-खेलनेवालों के खिलखिलाते
और व्यंग्य से मुसकियाते चेहरे हैं
थक गई हैं तुम्हारी माँ की सूनी आँखें
ऊब चुका है उसका हारा अकेला बेबस मन

तुम्हारा होनेवाला पिता
कितनी त्याग सकता है
अपनी तृष्णाएँ और भोगेच्छाएँ

तुम्हारी तृप्ति के लिए
कर सकता है अतृप्ति की कितनी उत्कट साधना
अपने सुख-आराम को झटककर
तुम्हारे लिए खुद को तराशकर
निकाल सकता है कितना अपना समय
तुम्हें खिलाने और पढ़ाने के लिए
खेलना सिखाने के लिए
कितना शामिल हो पाएँगे
तुमरे खेल में तुम्हारे पिता
गाँव की पाठशाला को
राजनीति खा गई है
शहर के स्कूलों को
अंग्रेजियत चाट गई है
पढ़ाई का अकाल है
बच्चों की पीठ पर पढ़ाई का जंजाल है।
रात
तुम्हारे दाँत गिनते हुए तुम्हें टुँगाने-चुगाने
तुम्हारे सोने से पहले
स्वप्न-लोरी सुनानेवाला पिता
तुम्हारे जन्म से पहले
घर आने तो लगे सही-साँझ-समय
ठीक सूर्यास्त के बाद
घर के उजाले के लिए

कम कर देगा जिस दिन सिगरेट पीना
शराब से गला तर रखना
अकेला बिलल्ला घूमना
सीख जाएगा जिस दिन
तुम्हारी 'माँ' की आँखों के सपने पहचानना
और उनके लिए सब कुछ छोड़ना
मेरे भीतर तुम्हें पाने की
बेचैनी भरी तड़प की उमगती कसक

उतराएगी उसकी आँखों में
तुम्हारे पक्ष में, तुम्हारे ही लिए
धरती पर सब कुछ जुटाने और सँजोने के लिए
खेतिहर किसान की तरह
तमकती धूप, झुलसती लू में
अपने खून के पसीना होने की परवाह किए बगैर
आँखें खोलेगा
उसकी बाँहों में तुम्हारे लिए झूला होगा
उसके ओठों में तुम्हारे लिए प्यार के बोल
तुम्हें देखने की आतुरता में
नम हुई आँखों में
तुम्हारे लिए प्यार की तासीर देखूँगी
अजन्मे शिशु
उस दिन तुम्हें
मैं अपनी कोख में रोपूँगी।

तुम्हारे लिए
बचा रखा है अपने में
अनजिया, अनछुआ बचपन
तुम्हारी आँखों में आँजूँगी जिसे स्वप्न-सा
तुम्हारे खिलने की अँगड़ाई की किलक से
मैं भी पुलक सकूँ
मुक्त साँसों को जीकर
अजन्मे शिशु गर्भ में
नाभि-नाल से तुम्हारे रक्त में
मुक्ति का अर्क घोल सकूँ
तुम्हारी अस्फुट ध्वनि-गूँज में
खोजेंगी मेरी आँखें...मेरे कान
तुम्हारे तलवों की थाप के लिए मीठे शब्द
जो अपनी पुलक भर में
खोल देते हैं जीवन-देह के सारे अर्थ

अजन्मे शिशु
तुम्हें जन्म देकर
तुम्हारी पोपली खिलखिलाहट में
भूल जाना चाहती हूँ अपना सारा दुख–
सर्दी में भीगने जैसा
ग्रीष्म में झुलसने जैसा

अजन्मे शिशु
तुम्हारे मृदु-मधुर ओठों के लिए बसन्त
तुम्हारी मिंची मुलायम मुट्ठी-भीतर
जाड़े की धुपानेवाली नरम गुनगुनी धूप
तुम्हारी आँखों के लिए चन्द्ररेख से बनी दुनिया
तुम्हारे तोतले उच्चारण के लिए
तुम्हारी साँसों के लिए
निर्मल विमल हवा के कतरे
सौन्दर्य-ऋतु से सजी लोरी
आकाशी निश्चिन्त नींद
तुम्हारे जागने पर
तुम्हारे लिए वैसी ही दुनिया
जो तुम्हें खुश रख सके
जिसे मैं अपनी साँसों से छूकर पहचान लेना चाहती हूँ
तुम्हारे आने से पहले

तुम्हारे लिए
दिए जानेवाले ड्रॉप और टीकों के
मिलावटी हाथों को बेहाथ कर सकूँ
बनावटी-दिखावटी हिंसक हृदय में
अहिंसक हृदय रोप सकूँ
दंगा-तपे रक्त से गीली होने से
धरती को बचा सकूँ
खेलने के लिए मैदान
चलने के लिए फुटपाथ

तुम्हारे पाँवों के लिए सहेज सकूँ
पराए बच्चों और औरतों के शोषण-खिलाफ–
खड़े लोग
मानवता की लड़ाई लड़ते-से दिखाई देते लोग–
छद्म लोग
अपने भोग और यश के संघर्ष में रत
'बच्चों का बचपन' और स्त्री-स्त्रीत्व के संरक्षण का
सुरक्षा कवची कटोरा वत फाइल या
विदेशी बैग लिये
वे किसी के हक की नहीं
अपने मानवाधिकार दम्भ की
अपने पक्ष की ठंडी और दारुण लड़ाई लड़ते हैं–
अपने घर के बच्चों और स्त्री के
आत्मीय रिश्ते को छोड़कर

अजन्मे शिशु
तुम्हें जिलाने के लिए
तुम्हारी 'माँ' को
छूनी होगी बर्फ की गंगा
और कभी तेजाब की गोदावरी
तुम्हारी गोद के लिए
कभी चढ़नी होगी
अचढ़ चढ़ाइयाँ
तुम्हारे पाँव की पगडंडी के लिए
कभी उमड़ना होगा
मानसून की तरह
कभी तपना होगा
जेठ की तरह
कभी चुप होना होगा
पहाड़ की तरह
कभी पिघलना होगा
लावा की तरह

लेकिन अजन्मे शिशु
तुम्हें जन्म देने से पहले
वह धरती को बनाएगी धरती
आदमी को आदमी
मानव-मन।

जुड़वाँ समुद्री द्वीप

त्रिनीदाद और टबैगो
जुड़वाँ समुद्री द्वीप
पहाड़ी शृंखलाओं की
हरी-भरी घाटियों का द्वीप
विन्ध्य पहाड़ियों के जीवन्त स्मृति खंड
भारत के उत्तरांचली पर्वतमालाओं की
स्मृति-परछाईं का प्रतिरूप

शिलाओं ने पहने हैं
फूलों और फलों के
छींटदार वस्त्र
हरिवसना पर्वतों के चेहरे पर
खिली रहती है रंगों की हँसी
फूलों के बहाने

ब्रिटिश शासकों के चले जाने पर भी
'हैट' भर बची हैं यादें
त्रिनीडाडियन पहाड़ों के सिर पर
हैट की तरह लगे रहते हैं 'बादल'
हवाओं के रुख के अनुसार
बदलते हुए।

ब्रिटिश शासकों के नाम से
पहचाने जाते हैं–त्रिनीडाड के पहाड़
अपने प्राकृतिक और वास्तविक नाम की प्रतीक्षा में
भारतीय पर्वतों की ओर ताक रहे हैं–आँख उठाए
बादलों को भेजते हैं–
'मेघदूत' बना
अपने वास्तविक नाम की तलाश में
कैरेबियाई और लातिन अमेरिकी देश की धरती
उगाती है–मनमोहक सौन्दर्यगन्धी पुष्प
सुस्वादु फल और सुनहरी फसल
कैरेबियाई नागरिक
अपने सहोदरा द्वीपों में
रचते हैं–
अपनी तरह का सोंधा 'मद्य-मधु'
कि लगता है जैसे–द्वीप
द्वीप से अधिक 'मधुशाला' है।

गयानी-तासीर

कोरन्तेन नदी की एक बाँह में
है–सूरीनाम
और दूसरी बाँह में–गयाना

कोरन्तेन नदी के
दोनों तट
एक ही नदी के
दो तट
दो देशों के अपने
अलग-अलग तट
दो देशों की सीमाएँ

जिनकी तेजी विशिष्टताएँ
रची हैं जिसने
सीमाओं की समस्याएँ
कि दोनों देश
ताकते हैं—व्हाइट-हाउस की ओर

जिसका मन है—काला
तेल के नाम पर
मन में है—खोट
कोरन्तेन नदी का गयानी तट
जहाँ तक हिलोरें हैं नदी की
सूरीनामी ज़मीन
लेकिन गयानी उसे मानते हैं अपना तट
अपनी मातृभूमि

आजकल कल्पवृक्षी तट
नदी का जल
कामधेनूक तेल

जिसके मालिक का
होना है फैसला
या फिर किसके हिस्से में
बटाईदारी होगी
दोनों राष्ट्रपति
तलाश रहे हैं

पूर्णिमा

पूर्ण चाँद
अपने रुपहले घट के अमृत को

बनाकर रखता है–
तरल पारदर्शी
नारियल फल भीतर
चुपके से
गहरी रात गए
अनाथ शिशुओं का दूध
बनने के लिए

निर्धन का धन
सूरीनामी वन
जिन पर ईंधन भर
या हक़ छावनी छत भर
जैसे–गाय या बकरी का
पगडंडियों की घास पर
होता है–हक़

पत्तों की छतों पर
पुरनिया टीन की छाजन पर
चँदीली वर्क लगाता है–चाँद
ताजी बर्फी की तरह
मीठी लगती है–गरीब की झोपड़ी
विश्राम के आनन्द से भरपूर।

रुपहले रंग की तरह
पुत जाता है–चाँद
पूर्ण पृथ्वी पर
बगैर किसी भेद के
जंगल...नदी...पहाड़ को
एक करता हुआ

घरों को अपने रुपहले
अँकवार में भरता हुआ

मेटता है–गोरे-काले रंग के
भेद को

पूर्ण चाँद
प्रियाओं के कंठ में
सौन्दर्य का लोकगीत बनकर
तरंगित हो उठता है
जबकि
रात गए सन्नाटे में
सींझुर भी
अपनी ड्यूटी से थककर
सो चुका होता है–
नए कोलाहल के
स्वप्न देखने के लिए

चाँद : आकाशी हीरा

चाँद ने
अपना कोई
घर नहीं बनाया
दीवारों से बाहर
रहने के लिए।

सूरज
मकानों से
बाहर रहता है–
दीवारों को
तपाने और पिघलाने के लिए

चाँद

वृक्षों की पात हथेली की मुट्ठी में
अपनी रोशनी को
बनाकर रखता है–सितारा

चाँद
घरों के बाहर
अपनी रोशनी से
आवाज़ देता है कि
अँधेरे में–
मेरी उजली चमक
लगता है–
प्रकृति ने
ब्लैक-बोर्ड पर
चॉक से लिखी हो
ईश्वर की उजली सृष्टि
सूर्य के अस्त होने पर
अँधेरों के खिलाफ
चाँद है–आकाशी हीरा

चाँद का आत्म-सुख

सुनीलाकाश वक्ष पर
लटकती हुई घड़ी है–चाँद
मिनट-दर-मिनट
अन्तरिक्ष से समेटता-बटोरता समय
उलीचता है–धरती पर
और बदलता है–तारीखें

दिन-दिवस-माह
लिखा जाता है जिसमें
जन्म और मृत्यु का हिसाब

सत्ता और शासन का इतिहास
गुलामी का दर्द
दवा बन जाने के लिए

'चाँद'
करता है—खामोश बगावत
चाँदनी बनकर पहुँचता है—
जंगल-दर-जंगल

दासता से
निचुड़े हुए लोग
बुश नीग्रो
अमर इंडियन
ब्रिटिश इंडियन
खून को पसीना की तरह
बहाए हुए लोग
छिपे हैं—दक्षिण अमेरिका के
सूरीनाम, गयाना और ब्राजीली जंगलों में
जंगल-जीवी
नागरीय संस्कृति के अनागरिक
सुसंस्कृत सभ्यता से डरती हैं
प्रकृतिजीवी वनीली जातियाँ

चाँद
जंगली जातियों का
उत्सवी राजा है
पूर्णिमा की रात
'चाँद' के राजस्व में
जंगली जातियाँ
जीती हैं—आनन्दोत्सव बेधड़क
जिनका इतिहास
लिखता है—चाँद
पृथ्वी की

तथाकथित आधुनिक
मानवीय सभ्यताओं के नाम

'चाँद'
पारिजाती कल्पवृक्ष
रूपाभी रश्मियाँ
चन्द्र कुसुम
नवप्रियाओं के केशों में
पुष्प-गजरा–

धरती के सौन्दर्य के माथे की
बिन्दी है चाँद
जिसे चूमती हैं 'आँखें'
सारी रात
सपनों से भरकर

चाँद के लिए

चाँद
'प्यार' का दूसरा नाम है
'माँ' के लिए
'प्रिय' के लिए
विदेशी आप्रवासी के लिए
मातृभूति का प्रतीक है–चाँद

'चाँद'
सपने का दूसरा नाम है
जिसमें 'स्वर्ण' है
'सुख' है
और अनन्त अनुराग

‘चाँद’ की
रोशनी में है–
चाहत का चेहरा

चाँद
उतरता है–नदी में
विरही के मन तक
पहुँचने के लिए
प्रिय का प्रतीक बन
विरही–
व्यथा की लहरों में
पकड़ता है उसे

‘चाँद’ विदेश में
झील के बक्से में
रखता है–
प्रेम का नवलखा चन्द्रहार
जिसे गढ़वाया है–
भारत के सुनार से
अपने हृदय का स्वर्ण सौंपकर

विदेश प्रवास में
वियोग के सन्ताप से थककर
नदियों के तट पर
बैठी रहती है विदग्धा
अमावस्या की रातें काट
चाँद की प्रतीक्षा में
कि चाँदनी
बनी लहर को
अपनी अँजुलि में लेकर
सात समुद्र पार
महसूस करेगी ‘अपना चाँद’

कि जैसे कोई याचक
अँजुलि में लेता है 'जल'
और करता है 'संकल्प'
किसी 'पूर्णाहुति' के लिए

चाँद से भरी नदी
चाँदनी की नदी है
रुपहली और धवलतर
जो गीली रेत पर
लिखती है–चाँद की चाहत
और 'प्रेम-सुख का रहस्य'
अँधेरी रातों के बाद
जब
धरती भी
डरकर सिकुड़ जाती है
और छुप जाना चाहती है
अपने ही बनाए
किसी जंगल में

चन्द्ररेख

चाँद
आँखों की मुट्ठी में
समाकर उतरता है–
कविता की बाँहों में

शताब्दियों से
लगातार फेरा लगा रहा–चाँद
रहता है–धरती पर
धरती का सुख बनकर
अन्तरिक्षजीवी चाँद

रहता है–शब्दों के घर में
युगों से
शब्दों के जन्म के साथ
शब्द ने चाँद को जन्म दिया
चाँद ने शब्द को

गगनचारी चाँद
यायावर है–
कभी ग्लेशियर के भीतर
रहता है–छुपकर
अपनी चाँदनी के साथ
कभी पानी में उतरकर
करता है–क्रीड़ाएँ
ऐरावत की तरह
नदी और झरना,
चाँद का घर है
कभी–ताल-तलैया में
रह लेता है–चाँद
कुओं के भीतर
भी घुस बैठता है–चाँद
जैसे कि कोठरी में
गरीब जन
कभी राजाओं की तरह
हिमालय-सिंहासन पर
कभी महासागरों के हमाम में
अपने चाहनेवालों से दूर
अपनी चाहत में डूबा हुआ

आत्मनिष्ठ चाँद
अपने लिए देखता है स्वप्न
सितारों को
अँधेरे के हाशिए में डालकर
जबकि

सब देखते हैं–स्वप्न
चाँद का
चाँद को पाने के लिए
कि सुबह-ही-सुबह
सूर्य चुन ले जाता है
चाँद की
दमकती हकीकत भी
एक अँधेरे पन्ने की तरह
चाँद भी
उजले-स्याह धब्बे का नाम है
कुछ लोगों के लिए

सुबह की रोशनी
लिखती है–एक नई इबारत
पूर्णिमा की रात
बीतने के बाद

घड़ी हमारा ईश्वर

कलाई में बँधी
दीवार में टँगी
मेज़ पर बैठी
घड़ी में से
हवाओं का
सूर्य-किरण का
चन्द्र-रश्मि का
रात-दिन का पारा
समय बनकर चूता-टपकता है–
बूँद-बूँद-बूँद

सेकेंड और मिनट क़ी शक्ल में

इकट्ठा होता है समय
तारीखों में दर्ज होता है समय
इतिहास के पन्नों में
अतीत की स्मृति बनकर
वर्तमान में करवटें लेता है–समय

समय चिटख़ी हुई
चिंगारी है–दो सुइयों के बीच
दो बाँहों के बीच
आत्मीय प्रिय की तरह है–समय
कभी-कभी

शब्द बनकर ठहरेगा समय
इतिहास के पन्नों में

घड़ी की दो सुइयाँ
समय के पाँव हैं–
बारह अंकों के बीच
घूमती हुई गोलाकार पृथ्वी है–घड़ी
घड़ी-चक्र के भीतर
दो सुइयों के बीच बँधी हैं–
दोनों आँखें
दोनों हाथ
दोनों पाँव
और हम सबकी साँसें
घड़ी हमारा ईश्वर

क्या कभी हम
समय को ले जा सकेंगे–
समय से परे
या जुते रहेंगे–
कोल्हू के बैल की तरह

करते हुए परिक्रमा
सूर्योदय से सूर्यास्त तक
रगड़ते रहेंगे अपनी ही
हड्डियों से अपनी हड्डियाँ
अपनी नसों से अपनी नसें
और अपने विचार से विचार

किनकी दावतों के लिए
और क्यों पेरा जाता है
मानव-रक्त
और पसीना
जबकि
दो सुइयों के बीच
रोज रखे जा रहे हैं–
टाइम-बम
किसी-न-किसी आतंक के विरोध में
या तो
किसी-न-किसी
युद्ध के समर्थन में

समय की आँखों में

समय
खा रहा है मुझे
मैं लील रही हूँ–समय

समय
समाधि ले रहा है मुझमें–रोज
मैं समाधिस्थ हो रही हूँ नित्य
समय में

समय की माटी में
मिल रही है मेरी साँस
समय की माटी को
सान रहा है मेरा रक्त
समय-घट में
मन को शब्द बनाकर
रख रही हूँ अकेले में

मर रहे समय को
जिलाने में लगी हूँ
सावित्री की तरह
समय मेरा सत्यवान है
सर्वस्व समर्पित कर
मानस-देह में
रच रही हूँ समय
अपने ही रक्त-मांस से
काढ़कर बना रही हूँ समय
सबके लिए समय
विषम परिस्थितियों के विरुद्ध
साहचर्य के निमित्त
समय का अपहरण
कर रहे हैं लोग
नशे के लिए, लोग
पी लेना चाहते हैं समय
स्वार्थ के लिए लोग
भोग लेना चाहते हैं समय
देश-ध्वजा को लोग
पहन डालना चाहते हैं
परिधान की तरह
देश-प्रेम के नारे के साथ
शहीदों के खून से बनी
देश की आज़ादी को

भोग लेना चाहते हैं लोग

समय के भीतर से
निकाल लेना चाहते हैं
लोग, देश की आँखें
ऐसे कठिन समय में
परदेश में, सात समुन्दर पार
चलकर अपने साथ आए
समय को साध रही हूँ मैं
और समय साध रहा है मुझे
समय की आँखों में देखती हूँ मैं
समय देखता है मेरी आँखों में

आज़ादी का ईश्वर–गांधी

स्वाभिमानी
मातृभूमि-समर्पित
'गांधी' ने
स्वदेश से खदेड़ा–
विदेशियों को अपने अहिंसक
शब्दों की अकूत ताक़त से

विश्व को सिखाया
स्वधर्म के आचरण का सच्चा सबक
अफ्रीकन आज़ादी का मसीहा–नेल्सन मंडेला
मानता है तुम्हें 'आज़ादी का ईश्वर'

धरती पर लाठी टेक
मानस में धर्म-प्रार्थना की टेक ले
अपने पाँव, अपनी आँखों

विश्व घूम जगाया
स्वतन्त्रता का आत्मगान

तुम्हारे जाने के बाद गांधी
तुम्हारा देश तुम्हें भूल गया है
'सत्य के प्रयोग' तुम्हारी आत्मकथा
झूठ का अस्त्र और अपराधियों का शस्त्र है
तुम्हारा नाम
'एक ढोंग' भर बचा है
सत्ताधारियों के कब्जे में
तुम्हारी करुणा
शासकों के कलुष चेहरे का कवच
सत्तासुख के मोहजाल में
लोग भजते हैं–तुम्हारा नाम दिखावे के लिए
जैसे पहनते हैं उज्जर खादी
काले कारनामों को तोपने की खातिर

तुम्हारे नागरिक
अपनी सुविधाओं के लिए
लेते हैं सिर्फ तुम्हारा नाम
जन्मदिवस और निर्वाण दिवस के दिन
आँख मूँदकर याद करते हैं लोग
वर्ष भर आँखें मूँदे रहते हैं लोग
चिड़िया बैठती है–तुम्हारी प्रतिमा के कन्धे पर
तुम्हारी लटकी हुई घड़ी में
लटक गया है समय–
तृतीय विश्वयुद्ध की
हिंसक परछाईं से डरकर

'गांधी' तुम्हारी प्रतिमा
विदेशों में जहाँ कहीं भी
बनी खड़ी है–

दुख सहती चुपचाप पड़ी है
जोहेन्सबर्ग में हो या डरबन में
पोर्ट ऑफ स्पेन में हो या पारामारिबो
विश्व के कोने में
जहाँ तुम खड़े हो
पाषाण बने पड़े हो
तुम्हारी मूर्ति के भीतर
लोगों ने तुम्हें चुप कर दिया
तुम्हारी आवाज़ नहीं पहुँच पाती
नई पीढ़ी की
आत्मा तक
जहाँ से विश्व की
दूसरी दुनिया रची जाती थी
तुम्हारे सपनों की
'रामराज्य' की।

सहानुभूति में

कम्प्यूटर युग में
आतंकवाद के दबाव में
पूँजीवादी सभ्यता की
विकास-दौड़ में
भागता हुआ मन
आँखों को सटाए रखता है–
कम्प्यूटर स्क्रीन के सामने

कम्प्यूटर में कार्यरत भूल जाते हैं–
अपना घर, अपना परिवार
अपना मन, अपने सपने
अपने आत्मीय, अपने बच्चे

कम्प्यूटर के सामने
बैठी हुई काया–
देह से मशीन हो जाती है
कम्प्यूटर की स्क्रीन की
आँखों से लगकर

उँगलियाँ की-बोर्ड पर
दौड़ती हुई बिसार बैठती हैं
प्रिय-स्पर्श की
रेशमी स्मृति

हथेली से लगा हुआ माउस
धीरे-धीरे मिटा देता है
प्रिय की आत्मीय हथेली का भीना सुख
अपने हृदय के इंटरनेट की ओर
ताके बगैर वे खोजते रहते हैं–
मन-मस्तिष्क की
सारी जिज्ञासाएँ
जिसे सारी कोशिशों के बावजूद
नहीं जान पाते हैं।

स्मृतिजीवी पाती के आखर

सात समुद्र पार सूरीनाम देश में
पारामारिबो के परदेशी वक्ष से लगकर
प्रतीक्षा में
बोए हैं–स्वप्न-बीज
सेमलिया सपनों की रेशमी चमक को
मुट्ठी में समेटा है

विरोधी हवाओं के बीच

परदेश में
आत्मा के आँसुओं ने
धोई है मन-चौखट
अभिलाषाओं की बनाई है अल्पना
धड़कनों ने प्रतीक्षा की लय में
गाए हैं बिलकुल नए गीत

विदेश की आँखों में
सो जाता है पूरा वजूद और अतीत
खड़ा होता है वर्तमान
झाँकता है भविष्य
मन-ऋतु के साथ
जुगलबन्दी करते हुए

विदेशी गगन में
होती हैं कोमल उजास की मौन आहटें
कुछ करीब होने के पाँवों की परछाईं
हथेलियों की गुहारती गुहार
आँखों के आले में समाने लगता है—प्यार का उजाला
कि पूरा एक आत्मीय सूर्य-लोक
दमक उठता है भीतर-ही-भीतर
चिट्ठी के अभाव के
कसकते सन्नाटे में
कौंधती है स्वदेशी साँसों की
आगमन अनुगूँज
शून्यता में तैर आती है
पिघली हुई तरल आत्मीयता
कि घुलने लगता है—
स्मृतियों का संगीत
स्पर्श की परछाईं

आँखों में–साँसों में
पसीज आई हथेली में

परदेश में
अपने विरुद्ध हुए समय के
एकाकी घोंसले में रखती हूँ–स्वप्न-चूजे
कुहनी भर
जगह पर
शहतीर की तरह
टिकी हुई आँखें
बेधती हैं समय

व्यथा की लोकधुनें

वर्ष भर
वर्षा का हर्ष
और वसन्त का मादक सौन्दर्य
जीनेवाले
स्वर्णगर्भी और सुनहरी धूप पीनेवाले
सूरीनाम देश में
स्वदेश से विलगा मन
समय की शाख पर अटका हुआ 'पत्ता' है

रात भर
आँसू लीपते रहते हैं–आँखों का घर
अँगूठा लगाता है–ढाँढ़स का तिलक
हथेलियाँ छापती हैं–धैर्य के छापे
जैसे–
आदिवासी घर-दीवारों पर
होते हैं–छापें और चित्रकथा

उत्सवी मौन के संकेत-चिह्न
कभी उदासी की करुण अल्पना

परदेस के हृदय-विदारक सन्नाटे में
सिसकियाँ गाती रहती हैं—
हिचकियों की टेक पर
व्यथा की लोकधुनें।
पूर्णिमा के चाँद से
आँखें कहती रहती हैं—
मन के उलाहने—
चाँद सुनता रहता है
ओठों के उपालम्भ
चाँद के मन की आँखों में आँखें डाल
नयन सौंपते रहते हैं
अकेलेपन के आँसू
और दुख की ऐंठन
प्रवास के एकाकीपन में
अनजाने और अनचाहे
मिलती है—टूटन की टुकड़ियाँ
सूखने की यन्त्रणा
सीलन और दरारें
मीठी कड़ुआहट
आत्महिंसा की आग
विध्वंस की तपन
और रंगीन जहर
यातना के प्रवास में
फिर भी सब पर
तुम्हारे 'होने भर के'
सुख का वर्क लगाकर
छुपा लेती हूँ आत्मदुख
फड़फड़ाती रुपहली चमक के आगोश में
आँखों के कुंड में भरे

खून के आँसुओं के
गीले डरावनेपन को
भुला लेती हूँ तुम्हारे नाम में
खुद को खाली करने की कोशिश में
जहाँ तुम्हारा अपनापन ठहर सके
ठहरी हुई आत्मीय छाँव के लिए
स्मृतियों में ही सही।

शब्दों के भीतर से

स्वर्णगर्भी और वसन्तजीवी
मेघपान से तृषा-तृप्ति करनेवाली
सूरीनाम देश की राजधानी पुष्पनगर पारामारिबो में
विदेश में अपनी मातृभूमि की याद में
सूरीनामी नदी तट-माटी में लिखती हूँ—तुम्हारा नाम
और उस माटी को तुम्हारी देह बना लेती हूँ—सोंधी और आत्मीय
मिट्टी में रचे शब्दों के भीतर से
अनावृत करती हूँ—तुम्हारा हृदय
जिनसे लगकर रोती हैं आँखें
परदेश में
तुम्हारी याद में

पत्रों में लिखे
तुम्हारे शब्दों को
लिखकर दोहराती हूँ
अपनी सूनी हथेली में
और महसूस करती हूँ
तुम्हारी याद की खुशबू
जब प्रथम प्रेम की अनुभूति-बेला में
'पान' पत्ते पर लिखा था मेरा नाम।

स्वदेशी से आई पाती के शब्द
आत्मीय वक्ष की तरह लगते हैं
धूप की चादर ओढ़े हुए चेहरा
फसल की तरह
अपने को पका हुआ महसूस करता है
चिड़ियों की तरह
मन चुगता है–शब्द
इच्छाओं में खो जाने के लिए।

शब्द-बैकुंठ

बादल
चुप होकर बरसते हैं
मन-भीतर
स्मृति की तरह

सुगन्ध
मौन होकर चूमती है
प्राण-अन्तस
साँसों की तरह

उमंग
तितली-सा स्पर्श करती है
मन को
स्वप्न-स्मृति की तरह

विदेश-प्रवास की
कड़ी धूप में
साथ रहती है
प्रणय-परछाईं

सितारे
अपने वक्ष में
छुपाए रखते हैं प्रणय-रहस्य

फिर भी
आत्मा जानती है
शब्दों के बैकुंठ में है
प्रेम का अमृत

शब्दों की आवाज़

शब्दों से
पुकारती हूँ तुम्हें
तुम्हारे शब्द
सुनते हैं मेरी गुहार

तुम्हारी हथेलियों से
शब्द बनकर उतरी हुई
हार्दिक संवेदनाएँ
अवतरित होती हैं
आहत वक्ष-भीतर
अकेलेपन के विरुद्ध

बचपन में साध-साधकर
सुलेख लिखी हुई कापियों के काग़ज़ से
कभी नाव, कभी हवाई जहाज
बनानेवाली उँगलियाँ
लिखती हैं चिट्ठियाँ

हवाई-यात्रा करते हुए शब्द

विश्व के कई देशों की धरती और ध्वजा को
छूते हुए लिखते हैं–
सम्बन्धों का इतिहास
संयोग-सुख और वियोग-सन्ताप

तुम्हार संकल्पित शब्द
अन्तरिक्ष के भीतर
गोताखोरी करते हुए
डूब जाते हैं मेरे भीतर
अकेलेपन के विरुद्ध
सलोने संयोग की प्रतीक्षा में

शब्द-लोक

प्रवासी मन
अकेलेपन से थककर
मुड़े हुए घुटनों पर
अपनी ही हथेली में बाँधकर
बैठता है अपनी हथेली
कलाई बँधी घड़ी के डायल पर
रखकर सहमा हुआ चेहरा
छिपा लेता है वह अपना काँपता समय

चलती हुई सुइयाँ
दो-आँखों के भीतर घूमती हैं
प्रतीक्षा-चक्र के चहुँ ओर मौन
सम्पूर्ण शोक के शमन में
एक नाम की पुकार में
जो मन के आकाश में
रचाता है–इन्द्रधनुषालोक

ऋतुओं के नाम-भीतर
छुपा होता है
ऋतुओं का रहस्य-सुख
एक नाम के तेज-भीतर
जैसे–अशोकी आह्लाद-सुख

'सूरज' शब्द में भी
दमकता है स्वर्णिम प्रकाशालोक
और भावबोध
'आकाश' शब्द में उड़ान-सुख
'अनिल' में प्राणों के प्राण
'अनल' में तेजाग्नि दीप्ति
'पंचतत्त्व' समवेत
गुहारते हैं–एक नाम
एक तत्त्व 'अनाम'
साँसों के लिए स्वनाम
आत्मा की पहचान

नाम के अस्तित्व में
आत्मा चीह्नती है–
अपनी आत्मा का प्रतिबिम्ब
स्पर्श करती है–आत्मीय आत्मा
और उसका अभिन्नबोध

मातृभूमि की याद में

विदेश-प्रवास में
तपन और पाले में
एकाकी पड़ा है–मन का चबूतरा
जैसे–हवा में

किसी स्मृति-घाव का
गीला निशान

वीरानारी के समुद्र से
इच्छाओं के नाव-घर से
ढूँढ़ती हैं–बूढ़ी आँखें
बीता कल
उजला अतीत

आत्मीय की स्मृति में
अपनी ही अँजुलि में
अपना चेहरा टिकाए
कि मेरी हथेलियाँ
उसकी ही हथेली हो
बैठी हैं–
स्वदेशी इच्छाएँ
आत्मसुख के लिए।

आत्मीयता

बेआबरू मौसमों की तरह
पड़े हैं–सपने
आँखों के कोने में
एकाकी परदेश प्रवास में

सूरज की सेंक में
सुलगते हैं–स्वप्न
जिन्दगी फिर भी
रचती रहती है–नए-नए ख्वाब
विदेशी मित्रों की तरह

अकेले, विदेश में
याद आती हैं–सहमी हुई स्मृतियाँ
चाँदनी से भी झरता रहता है–अँधेरा
पूर्णिमा की पूरी रात
अकेले में
'उदास' शब्द के
गहरे अर्थ की तरह

इच्छाएँ तलाशती रहीं
नए पत्ते
जहाँ साँस ले सकें इच्छाएँ
और उनसे जन्म ले सकें
अन्य नवीनतर इच्छाएँ

इच्छाओं के साँचे में
समा जाती हैं–जब भी इच्छाएँ
जिन्दगी हो जाती है–जिन्दगी के करीब

अप्रवासी आत्मा

विदेश-प्रवास से
भेज रही हूँ
अपना घटा हुआ वज़न
बढ़ा हुआ रक्तचाप
घबराई हुई धड़कनें
सहमी हुई साँसें
सन्तप्त शब्द
साथ में
तितली का एक पंख
पक्षी का एक डैना

सूखा हुआ एक फूल
लेबोरेट्री में जाँच के लिए
निकाले गए खून से बच आई
खून की एक सूखी बूँद की रंगत
सफेद रुई के कतरे में
खून के आँसू का संकेत-चिह्न

तुम्हारी अनुपस्थिति में
तुम्हारा नाम...तुम्हारे शब्द ही मेरे शब्द
तुम्हारी साँसों से जोड़ने के लिए
अपने एकान्त में समेट लिया है–
धरती के सम्पूर्ण अकेलेपन को
कवि रवीन्द्रनाथ की कविता
'एकला चलो रे' के शब्दों के साथ
बढ़ते हैं मौन के अन्तरंग पाँव
तुम्हार तेज़ चल रहे पाँव की परछाईं के साथ
होने के लिए
कि तुम अपने लम्बे तेज़ डगों से चलते हुए
मुझ तक आओगे
और निकाल फेंकोगे मेरी जिन्दगी से
ठहरा हुआ फँसा कायर समय
जहाँ 'समय' सिर्फ शब्द बनकर
जी रहा है मुझमें

प्रवासी शब्द

सूरीनाम की धरती से
चाँद के वक्ष पर
आँखों ने लिखी है चिट्ठी
प्रतीक्षा में

चाँद के ओठों पर
रखा है अपने अधरों का
स्नेह-अमृत
तुम्हारे लिए

चाँद की आँखों को
सौपें हैं–वासन्ती स्वप्न
तुम्हारी सूनी आँखों को
भरने-पूरने के लिए

हृदय से निचुड़कर
आते हैं शब्द–शहद की तरह
शब्द–शहद रचते हैं
प्रणय का सुगन्धित संवाद
प्रणय
प्रिय का मधु-पुष्प है–
राग अनुरंजित पराग

तुम्हारे शब्दों में
हृदय की अनुभूतियों की चमक है
और प्रणय की अन्तःसलिला का
शीतल अमृत-स्पर्श

नक्षत्रों की तरह
निहारती हूँ तुम्हारे शब्द
मेरे लिए–
वे ही हैं सप्तर्षि
वे ही हैं ध्रुवतारा

शब्दों के मौन में
होती है आत्मा की जिजीविषा
अव्यक्त पर व्यक्त

तुम्हारे शब्द इसीलिए
सीते हैं—धागे की तरह
मेरा फटा हुआ समय

विरोधी हवाओं के बीच

प्रतीक्षा में
बोए हैं—स्वप्न-बीज
सेमल की रेशमी चमक को
मुट्ठी में समेटा है
विरोधी हवाओं के बीच

प्रतीक्षा में
आत्मा के आँसुओं ने
धोई है—मन-चौखट
और अभिलाषाओं की
बनाई है—अल्पना
धड़कनों ने
प्रतीक्षा की लय में
गाए हैं—बिलकुल नए गीत

प्रतीक्षा में
सो जाता है—पूरा अतीत
भीतर-ही-भीतर
जाग उठता है—भविष्य
मन ऋतु के साथ
जुगलबन्दी करते हुए

प्रतीक्षा में
कोमल उजास की होती हैं

मौन आहटें
कुछ करीब होने के
पाँवों की परछाईं
और हथेली की गुहारती पुकार
आँखों के आले में
समाने लगता है–प्यार का उजाला
कि पूरा एक सूर्य-लोक
दमक उठता है–
भीतर-ही-भीतर

प्रतीक्षा के
कसकते सन्नाटे में
कौंधती है–आगमन अनुगूँज
शून्यता में तैर आती है–
पिघली हुई तरल आत्मीयता
कि घुलने लगता है–
स्मृतियों का संगीत
स्पर्श की परछाईं
आँखों में, साँसों में
पसीज आई हथेली में

प्रतीक्षा में
अबाबिल चिड़िया की तरह
लटके हुए 'विरुद्ध घोंसले' के
समय में रखती हूँ–स्वप्न-चूजे
कुहनी भर
जगह पर
शहतीर की तरह
टिकी हुई आँखें
बेधती हैं–समय

आँखों के घर में

रात भर
आँसू लीपते रहते हैं
आँखों का घर
अँगूठा लगाता है
ढाँढ़स का तिलक
हथेलियाँ आँकती हैं
धैर्य के छापे
जैसे–
आदिवासी घर-दीवारों पर
होते हैं–छापें और चित्रकथा
उत्सव और मौन के संकेत-चिह्न

सन्नाटे में
सिसकियाँ गाती रहती हैं
हिचकियों की टेक पर
व्यथा की लोकधुनें।
कार्तिक के चाँद से
आँखें कहती रहती हैं–
मन के उलाहने
चाँद सुनता है–
ओठों के उपालम्भ
चाँद के मन की
आँखें में आँखें डाल
आँखें सौंपती रहती हैं
अकेलेपन के आँसू
और दुख की ऐंठन

अनजाने, अनचाहे
मिलता है जो कुछ–विध्वंस की तपन
टूटन की टुकड़ियाँ

सूखने की यन्त्रणा
सीलन और दरारें
मीठी कड़ुआहट
और जोशीला ज़हर

तुम्हारे 'होने भर के'
सुख का वर्क लगाकर
छुपा लेती हूँ सब कुछ
फड़फड़ाती रुपहली चमक के आगोश में
आँखों के कुंड में भरे
खून के आँसुओं के
गीले डरावनेपन को
घोल देती हूँ—तुम्हारे नाम में
खुद को खाली करने की कोशिश में
जहाँ तुम्हारा अपनापन ठहर सके
ठहरी हुई आत्मीय छाँव के लिए

घर की याद में

स्वदेश के घर के
अपने कमरे में
छूटा हुआ आदमकद आईना
कि जैसे समय
अपने सामने तुम्हें पाकर
पूछता होगा तुमसे
मेरे बारे में
मेरी अनुपस्थिति को
पूरता होगा समय
साक्षात मेरी तरह

और तुम

गहरी उदासी से थकी
ठंडी आह-भरी साँस से
गीला कर देते होगे
आईने का दमकता वक्ष
तुम्हारी साँसों के
गीले धुएँ से ओसाकर
धुँधला जाती होगी उसकी चमक
ओदेपन में जिसके
छिप जाता है–आँसुओं का रिसाव

सात सागर पार
सूरीनाम की धुपीली धरती से
देखती हैं तुम्हें
मेरी आँखें–
खुशी की लहक से सराबोर होने के लिए
अब प्रिय की तलाश में
सिर्फ भटकती है
किसी नक्षत्र की तरह
शब्दों में खोजती हूँ उनके लिए रास्ता
कभी वह मुझमें खोजती है रास्ता
परदेश में
बगलगीर बन खड़े हुए शब्द
आत्मशक्ति के प्रतीक बन
आँखों की देह-धरा पर
धान की तरह बोते हैं–
जीवन समर्थक
सपनों के शब्द

गुहारती गुहार

शब्दों से
पुकारती हूँ तुम्हें
तुम्हारे शब्द
सुनते हैं मेरी गुहार

तुम्हारी हथेलियों से
शब्द बनकर उतरी हुई
हार्दिक संवेदनाएँ
अवतरित होती हैं
आहत वक्ष-भीतर
अकेलेपन के विरुद्ध

बचपन में साध-साधकर
सुलेख लिखे कॉपियों के कागज से
कभी नाव
कभी हवाई जहाज
बनानेवाली उँगलियाँ
लिखती हैं चिट्ठियाँ

हवाई यात्रा करते हुए शब्द
विश्व के कई देशों की धरती और ध्वजा को
छूते हुए लिखते हैं–
सम्बन्धों का इतिहास
संयोग-सुख और वियोग-सन्ताप

तुम्हारे संकलित शब्द
अन्तरिक्ष की हवाओं-भीतर
गोताखोरी करते हुए
डूब जाते हैं मेरे भीतर
अकेलेपन के विरुद्ध
सलोने संयोग की प्रतीक्षा में

ईश्वराशीष

विदेश प्रवास में
ईश्वराशीष
अवतरित होता है
चिट्ठी के शब्दों में

कागज की कोरी काया में
खुलते हैं सम्बन्ध
शब्द बनकर

शब्द
अपनी कोमल छुअन से
कागज पर छोड़ते हैं
स्पर्श की मुलायम भाषा

चिट्ठी में
पिघलता है मन का ग्लेशियर
उजाला
शब्दों में घर करके
पहरुआ बन
खड़ा रहता है
आँखों के सहमे अँधेरे में

हृदय-देह-घर के
करियाये आले में
शब्द रखते हैं–चिट्ठी-दीपक
तिल-तिलकर
प्रवासी सन्ताप से सहमा मन
पीता है खुशी–एकान्त की असह्य पीड़ा में

चिट्ठी के शब्दों में

देखती हूँ–तुम्हारा मेघदूती मन
और मेरी पाती में
लखते हो–शकुन्तला की विकलता
चिट्ठी के शब्द
स्फटिक शिलाएँ हैं
जो पिघलती हैं–
तुम्हारी उँगलियों से उतरकर
और मेरी आँखों में घुलकर

चिट्ठी लिखते समय
तुम्हारे भीतर
कभी कालिदास
अवतरित होता है
कभी खजुराहो का शिल्पी
मन-पाषाण में
प्रणय-देह अन्वेषित
करने के लिए

अनगिन पड़ाव

तुम्हारी चिट्ठी के
शब्दों की आँखों के तलवों से
छूट गए हैं मन के घर में
तुम्हारे स्वप्न-चिह्न
शब्दों में उँगलियाँ उकेरती हैं–
भविष्य-फल
स्वप्नसुख

प्रतीक्षा की दूरियों के बीच
होते हैं–शब्दों के अनगिन पड़ाव

अर्थ की अनभिव्यक्त छाँव
साँसें पीती हैं तुम्हारा नाम
उच्चरित करते हैं जिन्हें नयन ओंठ बनकर

आँखें मूँदकर महसूस करती हैं तुम्हें
तुम्हारा शब्दरूप बनकर
चिट्ठी के गहरे आत्मीय इत्मीनान में डूबकर
जी लेती हूँ तुममें होने का आह्लाद-सुख
मन की ऋतुओं का तरंगित स्पर्श-सुख

चिट्ठी जैसे–
हवाओं ने साँसों में लिखी है–नम पाती
जैसे–सूर्यरश्मि ने जलसतह पर
उतरकर आँकी है प्रणय पाती

डूबते सूरज के हाथों में
सौंपे हैं–प्रणय के शब्द
यह डाक सुबह जरूर पहुँचेगी
खिड़की खोलते ही तुम्हारे सिरहाने
(जैसे–मैं होती हूँ)
सूरज की रोशनी की तरह
संताप से तप्त चिट्ठी पहुँचेगी तुम्हारे सिरहाने
स्मृतियों में पगी कथा की तरह

वसन्त की जड़ें

सूर्य की चमक में
तुम्हारा ताप है
हवाओं में साँस

पाँखुरी में स्पर्श
सुगन्ध में पहचान

जब जीना होता है–तुम्हें
खड़ी हो जाती हूँ–प्रकृति-बीच
और आँखें
महसूस करती हैं–तुम्हें
अपने भीतर

अपनी परछाईं में
देखती हूँ–तुम्हें ही
मेरी देह
बन चुकी है–तुम
प्यार की परछाईं बनकर
धरती पर बिछी हुई हूँ
तुम्हारी देह
छूती है जिसे 'छाया' बनकर
कि परछाईं वाली धरती में
फूट पड़ती हैं–वसन्त की जड़ें

शब्द के हृदय में

आँखों के भीतर
नदी है–
पलकें मूँदकर
नहाती हैं–आँखें
दुनिया से थककर

ओठों के अन्दर
वृन्दावन है–

चुप होकर जीते हैं–ओंठ
स्मृति सुगन्ध
तृषित होने पर

हृदय-धरा में
प्रणय-नियाग्रा
मेरे लिए झरता हुआ
लेकिन
तुम्हारे ही लिए

निर्झर को
'नियाग्रा' कहते हो
और मैं–
तुम्हें

कल को
विहान पुकारते हो
और मैं–
तुम्हें

वचन को
प्राण कहते हो
और मैं–
तुम्हें

सुख को
मेरे नाम से जानते हो
और मैं–
तुम्हें

सुख को तुम
मेरी हथेली मानते हो

और मैं–
तुम्हें

स्मृति-कामना

बहुत सारी उम्मीदें, बहुत सारी हसरतें
चढ़ती हैं–मन की मजारें
बताशे की तरह घुल जाती हैं इच्छाएँ
मिठास छा जाती है–
मन के कड़वे दरख्त तले

मन में
न जाने कितनी बार हम बनाते हैं मजारें
न जाने कितनी बार मन्दिर
अपनी मन्नतों और मिन्नतों से
काई लगे मन के पत्थरों पर
फुदकती हैं–गिलहरियाँ
इमली की पंखी-पत्तियाँ
मोहक आकांक्षाओं की धुन में
भर उठती हैं आँखें और साये

आँगन में लगे
तुलसी के बिरवे की तरह
मन पूजता है–अभिलाषाएँ

इतिहास की चिन्ताओं के पाँव
मनुष्य के घर में रहकर
बनाना चाहते हैं–मानवता का इतिहास

सद्-इच्छाएँ

बोलती नहीं हैं झूठ
गवाहों की तरह
गीता की कसम खाकर
श्रीकृष्ण ही इच्छाओं का मनुष्य है।

हथेली में

विदेश में
चाँद से चुरा लेती हूँ
अपनी धरती का चाँद
और सितारों से
स्वप्न-पथ के लिए रोशनी

सूर्यरश्मियाँ सीती हैं–अँधेरा
चन्द्रकिरणें काढ़ती हैं कशीदा
अपनत्व की पुकार में
आँसू देते हैं–मौन आवाज़
पुनर्वापसी स्वदेश की
जीवन का पुनर्जन्म

साँसों की रुलाई में
हवाएँ बुनती हैं–स्वप्न-स्वेटर
एकाकीपन के शीत को ढँकने के लिए
प्रतीक्षा में निरखती हूँ आकाश
और तलाशती हूँ बादल
कि वे रूमाल बनकर
सोख लें आँसू
और फिर बरसे
स्वदेश की गोद में
स्मृति बनकर

धड़कनें कह पातीं
अनुभूतियों का दुख
धड़कनें बातें करतीं
मेरी और तुम्हारी तरह
धड़कनें समझतीं
बेचैन, बेचैनी की
धीमी आहटें
जो अध्वनित स्पर्श होती है
खुशनुमा धूप की तरह
जो गहरे कोहरे के बाद
छिटकती है—
नम मुलायम घास पर
जाड़े की गुनगुनी धूप के
शब्द बनकर

शब्दकोश से परे
धड़कनें अपनी ध्वनि में
रच पाती 'अगर'
सही-सही शब्द
तो मुखर हो जाता 'मौन'
जो है तुम्हारे लिए मेरे भीतर

तुम्हारी हथेली ने लिखी
मेरी हथेली में
स्पर्श की पहली पाती
धड़कनों की
जिसे ओंठ पहचानते हैं—
अपनी मुस्कराहट की तरह
और आँखें जानती हैं
आँसू की तरह

मन के भोजपत्र

स्वदेश से आई
चिट्ठी ने कहा–
दुआओं के शब्द
होते हैं चिट्ठियों में
और सपनों की आँखें

खुलती हैं चिट्ठी में
शब्दों की खामोश छाया
शब्द अपने कोमल स्पर्श से
कागज पर छोड़ते हैं–स्पर्श की मुलायम भाषा

पिघलता है चिट्ठी में
मन का ग्लेशियर
शब्दों में घर करके
उजाला पहरुआ बन
खड़ा रहता है–आँखों के सहमे
अँधेरे के खिलाफ

घबराए हुए
समय के विरुद्ध होते हैं
चिट्ठी के पवित्र शब्द
मन के पीपल से उड़ आए
पके पत्ते हों जैसे

मन-डायरी के सादे पृष्ठों पर
तुम्हारे वक्ष धड़कनों के शब्द हैं जैसे
चिट्ठी के शब्द
मन के भोजपत्र

मन में उगती और सिमटती

ऋतुओं की अन्तर्यात्रा से
झरे हुए होते हैं चिट्ठी के शब्द
शब्द-वक्ष में उगे हुए
स्मृति-पुष्प हों जैसे

मन के छत्ते से
शहद की तरह निचुड़ आते हैं
चिट्ठी के शब्द
अपने देश की आत्मीय स्मृति में पगी हुई
होती है स्वदेश से आई चिट्ठी

स्वदेशी स्वप्न

परदेश प्रवास के जीवन में
शामिल है तुम्हारा जीना
मेरे सपनों में
तुम्हारे सपने
सूरीनाम की धरती पर
स्वदेश की आहटें
मेरी धड़कनों की ध्वनि में
करती हैं चुपचाप बातें

वृक्षों के पास
अपने फलों के सपने होते हैं
फूलों के पास
अपनी सुगन्ध के स्वप्न
बीज अपने
वृक्षों के लिए स्वप्न देखते हैं
और वृक्ष
अपने बीजों के लिए

धूप में तपते हुए तपस्या करते हैं
परिक्रमा करते हैं—ऋतुचक्रों की

नदी
अपनी मछलियों के लिए
स्वप्न देखती हैं
और समुद्र
अपनी नदियों के लिए
मैं पारामारिबो के तट पर
अटलांटिक महासागर की हिलोरों में
तकती हूँ हिन्द महासागर के स्वप्न
प्रवास की पीड़ा में
देखती हूँ—स्वदेश के स्वप्न
विदेश की भाषा में
सुनती हूँ अपनी भाषा के अर्थ
ध्वनि में होते हैं नई भाषा के अर्थ-गुंजलक

एकाकी राग

एक गहरी तड़प की
छटपटाहट में
निचुड़ती रहती है—देह
रह-रहकर टभकती है—पीड़ा
बूँद-बूँद चूता है—दर्द
मन-घट में
स्मृतियों का अमृत

प्रतीक्षा की सूनी नदी
और मन का तट
झाँकती हूँ—जब भी

दिखती है–अपने मन की जल-सतह पर
चाहत की व्याकुलता में
थका हुआ तुम्हारा चेहरा
कोसती हूँ–
साँसों की गोद में पड़े हुए समय को
समाई हुई है–जिसमें
दो नक्षत्रों की दूरी
        अपाट

प्रवास में
तृषा को जीना जाना
आँखों ने सीखा
आँसू पीना–चुपचाप

रेगिस्तान में
दबे हुए बुत की तरह
तपती रहती हूँ–हर पल
अकेलेपन की आग में

मन जीता है
और जानता है–
एक पथराई हुई खामोशी
जिसमें जीती रही हूँ अब तक

तुम्हारी प्रतीक्षा में
बैठी रही हूँ–समय के बारूदी ढेर पर
और सुलगती रही
भीतर-ही-भीतर
सबसे खुद को बचाकर

काँटे की तरह
धँसे हुए समय में

तुम्हारी स्मृतियों की धड़कनें
मेरे भीतर करती हैं–स्तुति-पाठ
आत्मीय मन्त्रोच्चार की तरह

अनोखी भाषा

तुम्हारे-अपने सम्बन्धों के लिए
रची है मैंने
एक अनूठी भाषा
जिसके शब्द–
रातों की तन्हाई
और नींदों के सपनों से बने हैं

खुली आँखों में
सपनों का घर है
आँखों के पाँव
पहचानते हैं हृदय का रास्ता
काँच हुई देह पर
गिरते हैं–ओंठों के बूँद-शब्द

पिघलता है–रंगों का सौन्दर्य
अकेलेपन की आग में
स्मृतियों की गीली रेत पर
चलती हैं–अधीर आकांक्षाएँ

अभिलाषाएँ
वेनेजुयला के राष्ट्रीय पुष्प-वृक्ष–
'ग्रीन हार्ट' का पर्याय नहीं है
जो सिर्फ़ एक दिन के लिए
हवाओं में खिलता है–
अपनी साँसों
और पीताभ सौन्दर्य-बोध के लिए

सौन्दर्य-शास्त्र

तुम्हारा-अपना प्रेम
अलौकिक प्रणय-नदी का
लौकिक तट
तटबन्ध है—मैं और तुम

पूर्णिमा का सौन्दर्यबोधी चाँद
मन-भीतर पिघलकर
रुपहला समुद्र बनकर
समा जाता है—
आँखों की पृथ्वी में
अपनी जगह बनाते हुए
महासागर की तरह

चमक चाँदनी के रुपहले डोरों से
मन बुनता है—सारी रात
अपने लिए सुहाग-चूनर
तुम्हारे लिए सुहाग-साफा

तुम्हारी अनुपस्थिति में
घर का दर्पण रहता है—उदास
मेरी तरह—सूनेपन से सम्पूर्ण

घबराए हुए ख्वाब
देखते हैं अपना अक्स
ठंडी साँस की निलाई छूट जाती है
चमकते आईने में
और कभी चटख जाता है—
मेरी ही भीतर की घबराई चीख से
विदेश प्रवास में
समय छोड़ जाता है—

अपने कुछ पारदर्शी प्रश्नचिह्न
कि अपनी परछाईं में
देखती हूँ—बगलगीर खड़ा तुम्हें
मेरी आँखों के करघे पर
तुम्हारी आँखें बुनती हैं—
अलौकिक स्मृति-पट्ट
स्मृति-अधर लिखते हैं—
अदृश्य हृदय-भाष्य।

स्वप्न खोजते हैं—स्मृतियाँ
स्मृतियाँ देखती हैं—नवस्वप्न

अपने अकेलेपन में
तुम्हारी अनुपस्थिति में
स्मृतियाँ रचाती हैं—
तुम्हारी उपस्थिति का
प्रणयी सौन्दर्यशास्त्र

एकान्ती का सहचर

तुम्हारी आँखें
छूट गई हैं—मेरी आँखों में
तुम्हारे शब्द
मेरे कान में।

तुम्हारी साँसों के घर में
घर बनाया है—मेरी साँसों ने
तुम्हारे अधर में
धरे हैं—मेरी चाहतों के संकल्प
तुम्हारे स्पर्श में

छूट गई है–एक खिली हुई ऋतु
तुम्हारे
प्रणय-वृक्ष का प्रणय-बीज
मन-पड़ाव का आधार
एकान्त का सहचर।

स्मृति निवासी
तुम्हारी छूती हुई परछाईं
हर क्षण
छूती और पकड़ती है–
पूर्णिमा की चाँदनी की तरह
पराग के सुगन्ध की तरह।

तुम्हारा आनन्दास्वाद
छूट गया है–मेरे आह्लाद-कक्ष में
महुए की तरह शेष
तुम मुझमें सेमल की तरह कोमलाकर
मन-भीतर रचते हो–
एक रेशमी कोना
अपने नाम और अपनेपन के लिए
स्वात्म सिद्धि के लिए
जो तुम्हारी हथेलियों में
बसी रेखाओं की तरह है–अमिट
और जीवनदायी।

तुम्हारी हथेली की
रेखाओं की पगडंडी में
चलती हैं–मेरी हथेली की रेखाएँ
एक हो जाती हैं–वे मन की तरह

अपने खुशी के मौकों में
तुम्हारी हथेली को खोजती है–

मेरी हथेली सुख की ताली के लिए

तुम्हारी हथेली की स्मृति में
तरल होती है–मेरी हथेली
और महसूस करती हैं–
अन्तःसलिला का प्रवाह

तुम्हारी तस्वीर में
बसी हँसी को
चूमकर
आँखें बीनती है–
सुख के पारिजात
श्रीकृष्ण की उपासना
के लिए।

आस्था के अक्षत

सूर्य को
सौंप देती हूँ तुम्हारा ताप
नदी को
चढ़ा देती हूँ तुम्हारी शीतलता
हवाओं को
सौंप देती हूँ तुम्हारा वसन्त
फूलों को
दे आती हूँ तुम्हारे ओंठों की रंगत
वृक्षों को
तुम्हारे स्पर्श की ऊँचाई
धरती को
तुम्हारा सोंधापन
प्रकृति को

समर्पित कर आती हूँ तुम्हारी साँसों की छुअन
वाटिका में
लगा आती हूँ तुम्हारे विश्वास का अक्षय वट
तुम्हारी छवि से
बनाती हूँ प्रेम की कोमल छवि
चुपचाप कहने आती है जो
तुम्हारी भोली अनजी आकांक्षाएँ
तुम्हारे मीठे अनजाने स्वप्न
तुम्हारे दिवस का एकान्त एकालाप
तुम्हारी रातों का एकाकी करुण विलाप
मन्दिर की मूर्ति में
दे आती हूँ तुम्हारी आस्था
ईश्वर में
ईश्वरत्व की शक्ति भर पवित्रता
तुमसे मिलने के बाद

अर्थ-बोध

विदेश-प्रवास में
हम दोनों–प्रवासी शब्द की तरह हैं
हेमचन्द्र के शब्दानुशासन से परे
पाणिनि के अष्टाध्यायी के व्याकरण से दूर
शब्दकोश से परे
आखिर,
मैं और तुम
शब्द ही तो हैं

शब्द में साँस लेती धड़कनें
नवातुर अर्थ के लिए आकुल
सघन-घन कोश में

आँखें पलटती हैं मेघों को पृष्ठ-दर-पृष्ठ
कभी फूलों के पत्तों को उलट-पलट
सूँघती हैं सुगन्ध का रहस्य
कभी सूरीनाम और कमोबेना नदियों से
पूछती है—अनथक प्रवाह का अनजाना रहस्य

हम दोनों
प्रवासी शब्द की तरह हैं
अधीर और व्याकुल
अन्तःकरण के वासी
नाम
शब्द की तरह
ओंठों की मुलायम जमीन पर खेलते हैं
स्नेह-पोरों से पलते हुए बढ़ते हैं—शब्द
समय में समय का
हिस्सा बन जाने के लिए
अंश में अंशी की तरह
रहते हैं—शब्द
जैसे—विदेश में
समाया रहता है स्वदेश
जैसे—मुझमें बसा रहता है तुम्हारा अर्थ-बोध

मन-मीन

पूर्णिमा का चाँद
जीता है—अभिसार शृंगार

अतल गहराई से उपलाकर
मछलियों की तरह
तैर आता है—मन

जल-सतह पर
रुपहले सौन्दर्य में स्नान के लिए

दग्धकारी एकाकीपन तजकर
दबे पाँव आता है मन
देह के बाहर
रुपाभी चाँदनी के स्पर्श के लिए

बादल अपने ही साथ
लाते हैं–विद्युतीय लेखनी
वसुधा के वक्ष-पृष्ठ पर लिखते हैं–
भींजने की भाषा
और आकाश में निनाद की गूँज

ऋतुएँ गमकती हैं
सौन्दर्य की सुगन्ध से
स्वदेशी स्वप्नाकांक्षाओं की
इन्द्रधनुषी रंगत
दिखाई देती है–
सूरीनाम की
घन-घिरी घाटियों में
और वर्षा की लहक-गूँज में
सुनाई देती है–
अन्तरंग आत्मीयता की नव भाषा
जिसके बीज-शब्द
स्वदेश-वक्ष के वत्सल
अनुभूति-स्रोत हैं।

मातृभूमि
एक अलौकिक प्रकाश-पुंज है
मानस की आँखों में
जिसका उजास कि जैसे–

रेगिस्तान के सरोवर में
उमड़ आया है–भीतर से
अमृत जल-स्रोत

गालिबी

जंगल को नहलाकर
आयी हुई बरसात से
जंगल जीती और पीती हुई बरखा से
बनी है–सूरीनामी नदियाँ
वन देवी की देह से
निचुड़ आए
सुनहरे टेसू रंग से
या कॉफी के रंग में रँगी है–
जंगल की नदियाँ
जंगली नदियाँ
हमसखा सहचर–जंगल
नदी की जीवन धारा में
वन सिर्फ वन का घास-पाती
रंगीला-जल

मारोवेअयना नदी से
पीठ टिकाए
गालिबी का तट
और मारोवेअयना नदी के
वक्ष से आवक्ष
अटलांटिक महासागर की
तट चट्टी–सी-बेड
फ्रेंच गयाना के
पग तल की रेती

धरती धारक कछुओं की मातृभूमि
कछुवियों की प्रसव पट्टिका
नवजात शिशुओं का घरौंदा

रेत के घरौंदे
बनाती है कछुवी 'माँ'
रेत के ऊपर नहीं
रेत के भीतर
पतवार-सी चलाती अपने पाँव
सूर्यास्त के बाद
ताप के रूप में सूर्यांश छूट गया है रेत में
कछुवी उसके ताप से
रचती है अपने कछुआ-शिशु

ठंडे समुद्र की शीतल लहरों से
अठखेलियाँ करनेवाली
नवतरुणी कछुवी 'माँ'
रेत में रचाती है—अपना पहला घर
पृथ्वी को धारण करने कछुवा की स्मृति में
कछुए को छूने की कामना में
रेत की धरती पर
बनाती है गड्ढा
शायद मिल जाए कछुए की पीठ
जो खो गया है किसी समुद्र में
और बैठा सके अपने श्वेत अंडों से
जाये नवजात कछुआ शिशुओं को
गालिबी की धरती
ममता और वात्सल्य का प्रसव घर
अपने जन्म के समय
और फिर 'माँ' बनने के लिए
जाती है—रेतीले तट पर
और जनती है—उज्जर अंडे

तरल और चिकने
एकान्त अँधियारे में
तारों को साक्षी बनाकर
जन्मती है–सफेद अंडे
कछुवी के मातृत्व के श्वेत-प्रतीक
कछुवी के माँ-मन के दूध से बने हों जैसे

चाँदनी छिटकी
उजली रातों से बचती कछुवी
घने अँधेरे में चुपचाप
अपनी साँसों की कराह में
प्रसव-पीड़ा की ऐंठती ध्वनि में
तड़पती-छटपटाती
कहरती–लोटती
एक मीटर का गड्ढा
बनाती है–रेत भीतर
अपने गर्भ के अंडों को धँसाती है
वसुधा के गर्भ में–हीरक अंडे हों जैसे
कि कल को
जाननेवाले जानेंगे और मानेंगे–
नवजात कछुआ शिशु
पृथ्वी पुत्र है–
'वसुधा' सचमुच
कछुओं की मातृभूमि है
'गालिबी' गर्भस्थली
कछुओं की।

'कछुए'
पृथ्वी की सन्तान
यही कारण है–
पितृ और मातृऋण से
उऋण होने के लिए

कछुए ने
धारण की है 'पृथ्वी'
अपनी पीठ पर
जैसे वे भी श्रवण कुमार के
वंशज हैं
या श्रवण कुमार
'कछुए' के वंशज

2

गालिबी
सूरीनाम का ऊपरी कोना
मारोवेअयना नदी और अटलांटिक महासागर के
संगम-स्थल को अपने भाल से चूमता
रेतीले तट को
पकड़े खड़े नारियल के वृक्ष
धरती के अमृत को
अपने हृदय खोल में भरे
धरती के प्यासों की
बुझाते हैं प्यास

धरती ने अपने मन के सोते में
रचे हैं मीठे पानी के कुंड
सन्त पृथ्वी का कमंडल है–नारियल

गालिबी की
फूलों से महकती धरती के आँचल में
झर गिरते हैं–फल
फलों का राजा–आम
गालिबी* की धरती का महाराजा

---

* लातिन अमेरिका के भाल पर स्थित है–सूरीनाम। देश के पूर्वी कोने पर मारोवेअयना नदी का अटलांटिक महासागर से मिलन होता है। नदी-सागर-संगम-तट पर बसा है–गालिबी। चार सौ आबादी वाले क्षेत्र में →

बहुराष्ट्रीय कम्पनियों की
डिब्बाबन्द रूपहली संस्कृति को
जीनेवाले भी भूल जाते हैं–
अपनी बनावटी कृत्रिमता
तथाकथित–सॉफस्टीकेटेड वेस्टर्न एटीकेट
और बच्चों की तरह
बचपन से भरकर
खिलंदड़ी रबर चप्पल में पाँव डाले
आम के वृक्ष-दर-वृक्ष छाँव तले
टपके आम को लपककर
दोनों हथेलियों में दबोच चूसते हैं
याद करते हैं बचपन
और अपनी 'माँ'

→
अमर इंडियन और इंडोनेशियन लोगों का बसेरा है। मछलियाँ, फल, सब्जी और कसावा यहाँ का भोजन है। विशेष प्रक्रिया के द्वारा तैयार होती है कसावा रोटी और इसी के रस से बनती है–कसीरी शराब। रंगीन पोत और जंगली फलों के बीज यहाँ के आभूषण हैं जिसकी प्रदर्शनी गालिबी के ही महिला प्रशिक्षण केन्द्र पर लगती है।

सन्तराटोगों, जावानीज और सरनामी हिन्दी गालिबी की बोलचाल की भाषा है। एकमात्र चर्च है और उसी का पड़ोसी स्कूल है। प्रभात बेला में चर्च में प्रार्थना होती है। पादरी के उपदेश के बाद बच्चे और शिक्षक बगल में चल रहे स्कूल में पढ़ने-पढ़ाने चले जाते हैं और अन्य मछली मारने, पोत से माला बनाने, कपड़ा सिलने, कसीरी शराब या कसावा की रोटी बनाने, फल और सब्जी की खेती करने निकल जाते हैं। पर्यटकों की जरूरत को देखते हुए यहाँ 'सुपर मार्केट' नाम से सिर्फ एक दुकान है। तीन-चार घरों के बीच पानी के लिए कुआँ हैं। जहाँ दो मीटर की गहराई पर पानी मिल जाता है।

कछुओं की जन्मस्थली होने के कारण देश-विदेश से पर्यटक, यायावर नदी और समुद्र के संगम तथा प्रकृति की प्रशान्तता का आनन्द लेने के लिए खिंचे चले आते हैं। मार्च से जून और सितम्बर से नवम्बर माह की कृष्णपक्ष की अँधियारी रातों में कछुविएँ समुद्र से टघरती हुईं रुपहली सफेद रेती के तट पर सूर्यास्त के बाद आती हैं और डेढ़ से दो घंटे का समय लगाकर अपने पिछले दोनों पाँवों से हाथ और फावड़े की तरह काम लेते हुए बारह-इंच के व्यास का एक मीटर गहरा गड्ढा खोदती है जबकि डेढ़ सौ के बीच अंडों को अपने गर्भ में समेटे है। प्रसव पीड़ा को झेलते हुए अंडों को जनने के लिए गहरी लम्बी तड़फड़ाहट से भरी साँसें लेते हुए गहरा गड्ढा खोदती हैं। आँखों से आँसू और मुख से लार के कारण धरती भींजती रहती है। वह रेत से सन जाती है। आखिर डेढ़ घंटे की यातना साधने के बाद तीन-चार बार में ठहरकर सारे अंडे देती है और पुनः अपने पीछे के पाँवों और पूँछ से गहरा गड्ढा इस तरह ढँक देती है कि उस समय अगर कोई वहाँ न हो तो धरती के भीतर के इस राज को समझ नहीं सकता है। फिर भी कुछ जंगली जानवर और मांसाहारी मानव उन अंडों को खोदकर ले जाते हैं जैसे वह जमीन के भीतर की आलू या शकरकंद या कला हो।

जन्मदिन

अपने चालीसवें जन्मदिन पर
वह चुप है—माँ की तरह
भीतर—बहुत भीतर
गहरी वेदना की कराह से भरी
वह चुप है—माँ की तरह
सूरीनाम देश में मातृभूमि की याद में
संसार गर्भ से
निकल भागने की
प्रसव-पीड़ा से ग्रस्त।

उसके जन्मदिन की तारीख में
माँ की आँखों को
नहीं महसूस हुआ था सूर्योदय
और न ही चढ़ती हुई
धूप की परछाईं
न सुनी थी साँसों ने
चिड़ियों की चहक
माँ के भीतर उत्सव की
कोई गूँज नहीं उठी थी
रात भर
पीती रही थी वह
'माँ' होने का दर्द
'माँ' की आँखें
अपनी माँ को भी
नहीं पहचान पा रही थी उस दिन
उसके गर्भ में होने से
'माँ' की देह-दर्द की भाषा
सुन रही थीं सिर्फ
माँ की देह
'माँ' बनने की पीड़ा गुन रही थी सिर्फ

जन्म की भाषा
जन्मने में लगी हुई थी वह
गहरे मौन में रमकर
प्रसव के शब्द रच रही थी वह।

वह चुप है—माँ की तरह परदेश में
जैसे—पूजा के समय माँ
पिता के साथ चुप हो जाया करती थीं
और देखती थीं
चढ़े हुए फूल
सुलगती हुई अगरबत्ती
जलते हुए दीये को
और उसे गोद में उठा लिया करती थीं बस !

उसके चालीसवें जन्मदिवस पर
एक ऋतु
खामोश हो गई है उसके भीतर
पुराने पड़ गए हैं अचानक
सभी सपने
और सो गए हैं अपनी अन्तिम नींद
उसके सफेद बालों ने
आँखों की स्लेट पर लिखे हैं
कुछ 'शब्द'
जिनसे अब 'हर्ष' नहीं जन्म लेता है।
उसकी आँखों में
इस वर्ष 'सपना' 'आँसू' बनकर
ठहर गया है
उसका मन चुप है
कभी मातृभूमि की याद में
कभी प्रिय के प्यार में

अपने चालीसवें जन्मदिन पर

वह चुप है–माँ की तरह
कि उसने इस धरती पर
आँसू को जन्म दिया है
कि उसने इस धरती पर
आँसू बनकर जन्म लिया है
जन्म ने रचे हैं–
'आँसू' को समझने के लिए
पारदर्शी ऊष्म शब्द
जन्मदिन पर उसके
अवतरित हुए हैं–
कुछ नए शब्द
नई व्याख्या के लिए
धड़कनों के पक्ष में
ध्वनित होनेवाले
कुछ संजीवनी शब्द

'एकात्म' शिशु के लिए

अपनी नन्हीं, कोमल
लेकिन सख्त मुट्ठी में
विश्व भर लो
और पाँव के बीच
नाप लो
दोनों गोलार्द्ध।

तुम्हारी किलक
सुनने के लिए
धरती चुप हो जाए
और फिर सब सुनें–
सिर्फ तुम्हें

तुम्हारी एकात्म वाणी
निर्गुणिया सन्त वाणी–
तुम्हारी ध्वनियों के अर्थ-बोध को–
जिसमें भावी युग का
नवीन पुरुषार्थ आकार ले रहा है।

तुममें
पीढ़ी का नेतृत्व
दूत बन रहा है–
बुढ़ापे में तुम
सबका हाथ पकड़ो
और हमारे भीतर
लम्बी करो
बुढ़ापे की वय
जैसे 'माँ' पकड़ती है
तुम्हारा हाथ
बड़प्पन के लिए

धरती पर
अपने कोमल पाँव रखकर
अपने समय की
जमीन को बनाओ और मुलायम
अपनी तरह
जिसमें
'माँ' सविता उगाती है
रोशनी की ममतालु फसल

समय के भीतर
चलते हो तुम–अपने समय-सीध में
समय के भीतर
रचते हो अपना समय
समय को

देखते हो तुम
और रखते हो–
दो दाँतों के
हँसी भरे सपने
सुख-छत्ते का शहद
बूँद-बूँद चूता है–
हम सबकी आँखों में–
कि पूरी पृथ्वी
चहक उठती है–
तुम्हें देखकर
तुम्हारी पुलक में।

ऐसे ही
समय तुम्हें
और तुम समय को
बड़ा कर रहे हो
अपनी नन्ही हथेलियों-भीतर
ग्लोब का स्वप्निल भविष्य
भींचकर।

●●●